Alois Hotschnig

Im Sitzen läuft es sich besser davon

Alois Hotschnig

IM SITZEN LÄUFT ES SICH BESSER DAVON

Erzählungen

Kiepenheuer & Witsch

Die Arbeit des Autors am vorliegenden Buch wurde durch den Deutschen Literaturfonds e.V. gefördert.

FSC
Mix
Produktgruppe aus vorbildlich bewirtschafteten Wäldern und anderen kontrollierten Herkünften

Zert.-Nr. SGS-COC-1940
www.fsc.org
© 1996 Forest Stewardship Council

Verlag Kiepenheuer & Witsch, FSC-DEU-0096

1. Auflage 2009

Umschlaggestaltung: Rudolf Linn, Köln
Umschlagmotiv: © Rudolf Linn, Köln
Autorenfoto: © Thomas Böhm
Gesetzt aus der Walbaum
Satz: Pinkuin Satz und Datentechnik, Berlin
Druck und Bindung: GGP Media GmbH, Pößneck
ISBN 978-3-462-04137-8

Inhalt

KARL

Auf Karl war verlass. Und umgekehrt war es nicht anders. Er vertraute ihnen blind. Wenn der Mann ihn rücklings in die Höhe warf, um ihn aufzufangen und zu umarmen, schnaubte Karl vor Vergnügen und hielt still und versuchte erst gar nicht, noch in der Luft wieder auf die Beine zu kommen. Und wenn Vater die Tür öffnete, um aus dem Zimmer zu gehen, und Karl zurückbleiben sollte, blieb er zurück und setzte sich vor die Tür und legte sich hin oder lief davor auf und ab und wartete, bis die Tür wieder aufgehen würde, und wenn das geschah und Vater ins Zimmer zurückkam, hieß Karl ihn willkommen, als hätten sie einander eine Ewigkeit nicht gesehen.

An dem Spiel hatte der Mann seine Freude, und oft verließ er das Zimmer nur, um Karls Wiedersehensfreude zu sehen.

Aber ausgesperrt sollte Karl sich nicht fühlen. Daher wurde in jede der Türen im Haus eine Öffnung geschnitten, eine Karltür, wie sie sagten. So hatte Karl eine Tür in der Tür und konnte überallhin, wenn ihm danach war. Es gab keine Stunde am

Tag, die nicht gemeinsam verbracht war. Er kaufte mit ihnen ein und ging mit den beiden spazieren, er führte sie aus und sorgte dafür, dass sie rechtzeitig zurück waren, um ihre Lieblingssendung nicht zu versäumen. Beim Telefonieren hörte er mit, und war das nicht möglich, erzählten sie ihm von dem Gespräch. Wenn die Frau die Zeitung oder ein Buch aufschlug, stieß Karl sie mit der Schnauze und bedeutete ihr, ihm daraus vorzulesen. Dann legte er den Kopf auf ihren Schoß oder auf die Füße des Mannes, und sie las ihnen vor, und es wurde Abend und Nacht, und er begleitete die beiden ans Bett und bewachte eine Zeit lang ihren Schlaf. Nach einer Runde durchs Haus, bei der er sich versicherte, dass alles ruhig war und still, begab er sich in seinen Korb, um sich am Morgen darauf auf den Weg in ihr Zimmer zu machen und am Fußende ihres Bettes darauf zu warten, dass sie aufwachten.

Nach dem Frühstück legte er sich in der Küche auf den Boden und drehte sich auf den Rücken und streckte die Pfoten von sich und erwartete, dass die Frau sich über ihn beugte, um ihn zu berühren. Jeden Tag hatte das zu geschehen. Dann lag er mit geschlossenen Augen auf dem Rücken und ergab sich den fürsorglichen Händen der Frau, indem er sich ihnen entgegenreckte und sich winselnd unter ihren Berührungen dehnte und wand. Ihre Finger glitten ihm durch das Fell, und es war ihm eine

Lust, die Pfoten, an denen ihre Hände drehten und schoben und zogen, von sich zu strecken und schlaff von sich hängen zu lassen.
Er schmatzte und schnalzte mit der Zunge und brummte und pfiff eine Melodie vor sich hin, in deren Rhythmus sie ihn massierte und den nur sie zu treffen verstand. Anders war es nicht zu erklären, dass es bei Begegnungen dieser Art immer wieder zu Missverständnissen kam, wie sie sagten, wenn jemand anderer als die Frau diese Nähe mit ihm zu teilen versuchte. Ohne ersichtlichen Grund schnappte er dann zu und verbiss sich in die Hand, unter deren Berührungen er sich gerade eben noch gewunden hatte, und erwartete doch schon im nächsten Moment, weitergekrault und -gestreichelt zu werden, als wäre, was eben geschehen war, gar nicht geschehen.
Mit der Frau gab es diese Missverständnisse nicht oder kaum, und wenn sie ihn lange genug berührt hatte und alles zu seiner Zufriedenheit war, sah er ihr plötzlich wie verwundert entgegen, um in eine Starre zu verfallen, aus der ihn ihre Hände wieder erweckten. Es dauerte eine Zeit, ehe er ins gemeinsame Leben zurückkam. Und wenn das geschah, dankte er es ihr, indem er sie ansah und die Hand leckte, die ihm wohlgetan hatte, und die Zunge ins Handinnere legte und darin beließ.
Karl liebte und wurde geliebt. Und selbst wenn ihn jemand nicht mochte, gleichgültig war er doch

keinem. Nur für den Briefträger existierte er nicht, zumindest hatte es den Anschein. Und der Briefträger war es, der es Karl besonders angetan hatte. Wenn er sich dem Haus näherte, und oft schon, wenn er einige Häuser entfernt in die Gasse einbog und von der Wohnung aus noch nicht zu sehen war, schlug Karl an und legte sich hinter der Haustür auf die Lauer und wartete darauf, dass der Mann vor der Tür stehen würde. Und es war ihm anzusehen, wie schwer es ihm fiel, das aufgeregte Winseln zu unterdrücken, das jeder dieser Begegnungen vorherging.

Meist trat Vater dann vor das Haus und nahm die Post in Empfang. Karl blieb zurück und hörte die beiden reden und schnupperte den Türspalt entlang, um Witterung von dem Mann aufzunehmen, von dem das Gerücht ging, dass er es gewesen sein sollte, der ihn eines Morgens im Garten der beiden alten Leute ausgesetzt hatte.

Nach Karl fragte er nie, und doch war jede Frage, die er stellte, eine Frage nach Karl, zumindest dachten sie das, denn immerhin, auch der Briefträger hieß Karl, und bei jeder Begegnung verwickelte er Vater in ein Gespräch, das auch den Sinn haben mochte, währenddessen in Karls Nähe zu sein, der der Versuchung widerstand, ins Freie zu kommen und sich um ihn zu bemühen, wie er das bei jedem anderen tat.

Wenn der Mann sich verabschiedet hatte und schon

auf dem Weg zum Nachbarhaus war, blieb er vor ihrem Gatter noch einmal stehen und sah in den Garten zurück und zur Karltür, deren Klappe sich im Wind bewegte und hinter der Karl noch immer seinem Geruch nachzuspüren versuchte.
Der Briefträger hatte es Karl angetan, und die Kinder hatten es ihm angetan, die jeden Morgen auf ihrem Schulweg am Haus vorbeikamen. Eine ganze Weile, ehe ihr Schreien zu hören war, lag er auf dem Gehsteig in der Sonne oder im Schatten der Bäume und konnte es kaum erwarten, von den Kindern mit Kämmen und Bürsten bearbeitet zu werden, die sie aus ihren Schultaschen holten und an Stielen festmachten, die sie hinter den Zäunen der umliegenden Gärten versteckt hatten. Schreiend fielen sie über ihn her, und Karl lag auf dem Rücken und genoss es, in ihnen unterzugehen und von ihnen geschrubbt und gebürstet zu werden. Die Kinder liebten es, ihn auf diese Weise zu traktieren, und Karl lachte und jaulte mit ihnen vor Lust und Vergnügen.
Vom Fenster aus beobachteten seine Eltern das Treiben und waren gelöst und doch auch in Sorge, Karls Laune könnte umschlagen und zu einem Missverständnis führen, was aber nicht geschah.
Die Kinder machten sich wieder davon, und Karl blieb zurück und sah ihnen noch nach, als sie längst verschwunden und ihre Stimmen nicht mehr zu hören waren. Dann schüttelte er sich und begab

sich ins Haus, oder er legte sich im Garten auf der Bank zwischen den Mann und die Frau, und sie legten ihm eine Hand auf den Kopf oder auf den Nacken. So saßen sie lange ohne ein Wort, oder sie fragten ihn aus, wen von den Kindern er an sich herangelassen habe und wen nicht, und wer wohl beim nächsten Mal drankommen würde, und Karl schüttelte den Kopf oder nickte, als wollte er es ihnen erzählen.
Das war das Glück, das sie mit ihm teilten. Und das mussten sie auch, denn allein sein konnte Karl nicht. Ließen sie ihn allein, geschah etwas im Haus und mit ihm. Dafür sorgte er jedes Mal.
Eine Zeit hielt er sich dabei an die Bücher, die sie oft in der Hand gehabt hatten, wohl wegen des Geruchs, der ihnen anhaftete und der ihn mit den beiden verband, ohne die er in dieser Zeit auskommen musste. Es waren ihre Lieblingsbücher, durch die er sich fraß und die er in kleinste Fetzen zerkaut in der Wohnung verteilte. Zunächst holte er sie aus den unteren Reihen der Bücherwand, doch fraß er sich über Sofas und Stühle nach oben hin durch.
Auch auf ihre Kakteen hatte er es abgesehen, über die er in ihrer Abwesenheit herfiel und unter denen liegend sie ihn beim Heimkommen immer wieder vorfanden, mit unzähligen Stacheln im Körper, die er sich eingezogen hatte, wenn er eine der mannshohen Kakteen zu fällen versucht hatte.
Seit die beiden zusammen waren, hatten sie mit

diesen Kakteen gelebt. Es dauerte Jahre, aber irgendwann waren alle Kakteen in der Wohnung und in dem kleinen Glashaus im Garten gefällt und zerbissen, bis auf einige angenagte und wesenlose Strünke, von denen nicht zu sagen war, ob er sich eines Tages nicht auch darüber noch hermachen würde, wenn sie ihn nur wieder einmal lange genug allein ließen.
So vermieden sie es, das Haus ohne ihn zu verlassen. Einer blieb immer bei Karl zurück, oder sie nahmen ihn mit, überallhin. Und ließ es sich nicht vermeiden und sie mussten ohne ihn aus dem Haus, zog sie der Gedanke, was ihm währenddessen geschehen sein könnte, in die Wohnung zurück, wo er sie mit einer Freude empfing, als hätte er sie und sich selbst verloren geglaubt, und war nun wiedergefunden und von allem befreit, das ihn so rücksichtslos gegen sich und seine Umgebung hatte vorgehen lassen. Dieser Freude entsprechend empfing er sie jedes Mal. Dafür schämten sie sich und feierten das Wiedersehen, indem sie einander ihrer Liebe versicherten und sich, jeder auf seine Art, umeinander bemühten.
Und doch, ein Rest an Verunsicherung blieb zurück. Immer häufiger konnte es nun auch zwischen ihnen zu Missverständnissen kommen und Karls Zuneigung von einem Moment auf den anderen in ihr Gegenteil umschlagen. So offen und interessiert die Blicke, mit denen er sie betrachtete und

in sich aufnahm, auch weiterhin waren, so unratsam war es, sich ihm zu nähern, wenn er das nicht wollte oder wenn er es ihnen zwar abverlangte und gleichzeitig doch auch verwehrte.

Ein glücklicher Tag begann mit einer Umarmung in der Küche. Vom ersten Tag an war es ihm ein Bedürfnis gewesen, auf diese Art umsorgt und beachtet zu werden. Wenn es einmal nicht dazu gekommen war, hatte ihn das nicht weiter vergrämt. Vielleicht hatte er es auch nur besser verstanden, seinen Unmut darüber zu unterdrücken oder nicht zu zeigen, oder die beiden hatten seinen Ärger nicht zu deuten gewusst. Doch mit der Zeit war es unmöglich, Karls Veränderung zu übersehen, zu offensichtlich war der Unmut, mit dem er sie nun konfrontierte und der sich darin äußern konnte, dass er plötzlich und unvermutet zuschnappte und biss, nicht fest, wie im Spiel, und wohl doch als Ermahnung gedacht.

In jedem Fall war es schlecht und tat allen Beteiligten nicht gut, wenn die allmorgendliche Liebkosung nicht zu Karls Zufriedenheit verlief. Wenn die Frau den Rhythmus, in dem er gestreichelt sein wollte, nicht traf oder ihm ihre Berührung aus einem anderen Grund nicht behagte, konnte er für Stunden und manchmal auf Tage hinaus nicht ansprechbar und durch keine wie immer geartete Zuwendung zu beruhigen sein. Dann zog und schob sich der Tag von einer Befürchtung zur nächsten,

und die beiden achteten auf jeden Schritt, und das mussten sie auch, denn ein Biss war vom nächsten oft keinen Schritt weit entfernt.
Unter jedem der Tische, unter den Stühlen, überall hielt er sich auf und überall schnappte er zu. Und er saß oder lag in seinem Korb unter dem Telefon. Von dort aus hatte er alles im Blick. Die beiden alten Leute saßen in der Küche oder in einem der Zimmer und taten alles, um ihn gütig zu stimmen, und je mehr sie es versuchten, desto falscher konnte es sein.
Rief jemand an, und es wurde nicht abgehoben, ahnten Freunde und Nachbarn, dass es Karl nicht gut ging und die beiden Hilfe brauchten. Dann erledigten sie deren Wege und kauften für sie ein und stellten ihnen das Eingekaufte vor die Haustür oder auf den Fenstersims, von wo sie es holen konnten, wenn Karl es erlaubte.
Waren die Vorhänge auch mitten am Tag zugezogen, konnte das nur bedeuten, dass es Karl noch immer nicht gut ging. Dann vertrug er kein Licht, und es blieb dunkel im Haus. Hatte sich die Lage über längere Zeit nicht gebessert, konnte nur noch der Briefträger helfen. In seiner Gegenwart beruhigte sich Karl. Wenn der auch tat, als nähme er davon keine Notiz, stand er ihnen doch bei, indem er ihnen zuhörte, wie sonst nur Karl ihnen zuhörte, und damit Mut machen konnte, ohne auch nur ein Wort über ihn zu verlieren.

Das half. Doch der Gedanke, auch der Briefträger könnte in Ungnade fallen und seine Wirkung auf Karl verlieren, war kein guter Gedanke, und so wollten sie seine Hilfe nicht voreilig in Anspruch nehmen.

Immer wieder sah es danach aus, als legte es Karl darauf an, die beiden alten Leute zu isolieren und auszuhungern. An ihm vorbei kamen sie nicht aus dem Haus, und von draußen kam niemand unverletzt zu ihnen hinein. Über Tage und Wochen ging das oft so. Mehr als einmal verlegten sie daher seinen Schlafkorb in eine weniger einsehbare Ecke des Ganges oder in eines der Zimmer, doch Karl bestand darauf, die Nacht und den Tag an den Orten im Haus zu verbringen, von denen aus er alles im Blick haben konnte.

Hatte man ihn gegen sich aufgebracht, war davon auszugehen, dass man es sich für länger mit ihm verdorben hatte, und jeder Versuch, ihn zu besänftigen, wurde so leicht nicht verziehen. Abbitte musste geleistet werden, von ihr und von ihm und von jedem, der es sich nicht auch noch mit den beiden vertun wollte, dadurch, dass man sich weigerte, sich mit ihm auszusöhnen.

Dabei hatte man vor ihn hinzuknien und ihn auf die Art zu berühren, wie er das mochte, und je heftiger man es sich mit ihm verdorben hatte, desto enger hatte die Nähe zu sein, die er seinem Schuldner abverlangte.

Hatten sie Besuch, sah Karl in die Runde und suchte sich denjenigen aus, der sich zu entschuldigen hatte und dem er vergeben würde oder eben doch nicht, und der kniete sich vor ihn hin und hatte ihm so lange das Fell zu massieren, bis seine Starre einsetzte und Ruhe einkehrte. An Bürsten oder andere Hilfsmittel, mit deren Hilfe man sich ihn dabei vom Leib halten konnte, war nicht zu denken. Es hatte ungeschützt und mit bloßen Händen zu geschehen, und es war darauf zu achten, den Rhythmus zu finden, der ihn alles vergessen ließ und ihm und allen um ihn herum den Tag zu einem schönen Tag machte.
Meist handelte es sich um einen raschen und durch nichts vorherzusehenden Biss, und wenn Karl dem nicht gleich einen weiteren folgen ließ, kümmerte er sich schon im nächsten Moment fürsorglich um die eben verursachte Wunde, indem er sie leckte und mit Speichel versorgte. Er schnappte zu und half bei der Versorgung der Wunden. Er küsste und leckte und biss so willkürlich und auf so unvorhersehbare Weise, dass auf Dauer kein Auskommen mit ihm war. Während sich seine Zähne in der Hose oder im Fleisch seines jeweiligen Opfers vergruben, blinzelte er ihm treuherzig in die Augen, um ihm vielleicht schon im nächsten Moment noch heftiger zuzusetzen, bis endlich jemand dazwischenging und ihm Einhalt gebot.
Karl mochte jeden, danach sah es aus, und er biss

jeden, und jeden zu seiner Zeit. Auch sich selbst schonte er nicht. Es gab Tage, an denen strafte er sich wie die anderen auch. Dann verbiss er sich in eine seiner Pfoten, und nur mit Mühe gelang es ihm, damit aufzuhören, um sich dann jedes Mal in einem der Zimmer zu verkriechen und sich für Stunden nicht mehr zu zeigen.

Verbandszeug lag immer bereit. Gingen sie mit ihm außer Haus, hatten sie es dabei, und schließlich trug es Karl selbst mit sich herum. Sie hatten es ihm in einer Tasche auf den Rücken geschnallt, in die er bereitwillig greifen ließ, wenn er es wieder einmal nötig gemacht hatte.

Kam es in der Öffentlichkeit zu einem Missverständnis, war es Karl, der sich als Erster um den Verletzten bemühte, indem er durch lautes Winseln und Bellen darauf aufmerksam machte, dass jemand in Not war, und Passanten zusammenholte, die helfen konnten.

An seinen Eltern gab es irgendwann kaum eine Stelle, die seinetwegen nicht schon einmal zu verarzten gewesen wäre, was sie verschämt zu verbergen versuchten. Doch das brauchten sie nicht, denn in Zeiten, in denen er seine Neigungen heftiger auslebte, war der halbe Ortsteil einbandagiert, man wusste Bescheid und hinkte aneinander vorbei oder hob die betroffenen Arme oder Finger zum Gruß.

Kam ihnen jemand verängstigt auf der anderen Straßenseite entgegen und Vater dachte, dass sich

derjenige aus einer möglichen Begegnung zu stehlen versuchte, machte er sich mit Karl auf den Weg auf die andere Seite der Straße, um ihn davon zu überzeugen, dass von Karl keine Gefahr ausgehen würde.
Das ist Karl, sagte er dann, er möchte Sie grüßen. Und Karl nickte und sah freundlich und interessiert an ihnen hoch und machte sich an der Hose oder am Knöchel seines Opfers zu schaffen.
Karl muss viel an Ihnen liegen, sagte Vater auf dem Weg zum Arzt oder ins Krankenhaus, wohin die beiden den Verletzten begleiteten, sonst hätte er das jetzt nicht getan.
Wenn er dann vorschlug, gelegentlich mit Karl nach dem Rechten sehen zu wollen, um sich ein Bild vom Genesungsfortschritt machen zu können und durch eine mögliche Aussöhnung den Heilungsprozess vielleicht zu beschleunigen, wurde sein Angebot nicht selten als Zumutung empfunden, und wenn er glaubte, die Lage zu beruhigen, indem er dem Überfallenen darzulegen versuchte, dass er selbst Karl durch eine vielleicht unbedachte Äußerung, eine unwillkürliche Bewegung oder eine sonstige Handlung irritiert haben musste, denn anders könne er sich Karls Verhalten nicht erklären, sorgte das immer wieder für zusätzlichen Ärger. Er war darauf aus, eine Aussöhnung zu erzwingen, und gab erst auf, wenn er sich mit dem Geschädigten darauf geeinigt hatte, dass alles ein Missgeschick war, eine

Verwechslung, ein Versehen, was auch immer, nur eben keine Böswilligkeit Karls. Und tatsächlich gelang es ihm immer wieder, einen zu Schaden Gekommenen nicht nur davon zu überzeugen, dass Karls Verhalten nicht in seiner Verschlagenheit begründet war, sondern dass es sich bei Karls Bissen um eine besondere, wenn vielleicht auch seltsame Form der Zuneigung handelte, um eine Art Wertschätzung, die Karl dem Betroffenen gegenüber empfand und eben nicht anders auszudrücken verstand.

Auf diese Wertschätzung konnten doch die meisten verzichten, zumindest in den Jahren, in denen von Karls späteren Fähigkeiten niemand wusste. Diejenigen, die Karl nicht kannten, reagierten verschreckt und verstört und, was seine Eltern betraf, verärgert, da sie sich auch von ihnen angegriffen fühlten. Die von Karl wussten oder ihn näher kannten, waren leichter von seinen guten Motiven zu überzeugen.

Wie glimpflich oder unangenehm es ausgehen konnte, hing auch vom Vorleben des Betroffenen ab, von den Krankheiten, die er aus seinem bisherigen Leben mitbrachte. Die kleinste Verletzung, die von dem einen als Liebesbeweis gesehen wurde, konnte für einen anderen zur Frage werden, ob er einen Finger oder ein Bein verlieren würde oder doch nicht.

Eines Tages meinte ihr Arzt, das Leben mit Karl

könnte auch ihrer Gesundheit auf Dauer nicht guttun, und sie sollten an sich denken und sich mit dem Gedanken anfreunden, ihn wegzugeben, in ein Heim oder zu Leuten, die es besser mit ihm aufnehmen konnten als sie.

Davon wollten die beiden nichts hören. An ein Leben ohne Karl war für sie nicht zu denken, zumindest nicht ohne die Furcht, der Gedanke könnte nicht unentdeckt bleiben. Und war es geschehen und sie hatten es gewagt, sich die Vorzüge eines Lebens ohne ihn vorzustellen, hafteten ihnen diese Überlegungen an wie ein Geruch, den Karl riechen konnte und roch.

Karl brauchte Hilfe, das stimmte. Es fiel ihm immer schwerer, über die Treppe in den oberen Stock zu gelangen oder in den Keller hinunter, um dort nach dem Rechten zu sehen. Aber das musste er nicht oder nicht jeden Tag oder jeden Tag mehrmals, wie er sich das immer noch abverlangte. Ohne Hilfe von außen würde es auf Dauer nicht zu schaffen sein, das spürten sie auch, denn sie meinten Karls Eigenheiten durch ihre Unachtsamkeit verursacht zu haben und machten Fehler um Fehler beim Versuch, auf ihn einzugehen und ihn damit zu besänftigen oder zu bestechen, wie er es vielleicht sehen mochte und es sich von Mal zu Mal strikter verbat.

Ohne Verletzungen war die Nähe zu ihm nicht zu haben. Das sah man ein, und kaum einer trug ihm das nach. Im Gegenteil. Gerade die durch ihn zu Schaden Gekommenen versuchten, näher mit ihm in Verbindung zu kommen, und so geschah es oft, dass Opfer, nachdem ihre Wunden auskuriert waren oder noch mit dem Verband, die beiden alten Leute aufsuchten, um Karl zu begegnen und nahe zu sein.

Das Wiedersehen konnte auf die unterschiedlichste Weise ausfallen. Entweder begrüßte Karl denjenigen freudig von Weitem, oder er nahm ihn nicht wahr. Danach sah es immerhin aus, denn im Blick hatte er ihn ja doch, wenn er sich das auch nicht anmerken ließ. Eine ganze Weile konnte er das so halten, um ihn dann doch in den Kreis aufzunehmen, indem er ihn wie zufällig mit der Schulter streifte und damit an sich heranließ, was allerdings in der Regel zunächst an neutralen Orten geschah. Dort saßen sie dann auf getrennten Bänken einander gegenüber, um einen Neuanfang zu versuchen, eine Aussöhnung, und ging alles gut, machten sie sich gemeinsam auf den Weg, um nach einer Weile eine Bank zu teilen, und nach einem weiteren Aufbruch führte Karl denjenigen an seiner Leine in die Wohnung, um sich dort mit ihm zu befassen.

Immer zeigte er sich dabei an der Verletzung interessiert, die er seinem Opfer zugefügt hatte. Begierig schnüffelte er an dem Verband und versuchte, die Binden abzulösen, um an die darunterliegende Wunde zu gelangen und sie zu betrach-

ten, die Zunge daraufzulegen und sie lange dort zu belassen.
Und wenn er sich dann hinlegte und den Besucher aufforderte, sich ihm zu widmen, war die Aufregung groß und die Freude, und die Furcht, denn es konnte auch sein, dass er aus lauter gemeinsam empfundenem Glück oder aus welchen Gründen auch immer zuschnappte und biss und nicht mehr aufhören konnte damit, an derselben Stelle zumeist und stärker als beim ersten Mal. Doch nun wusste man, er meinte es gut, und nahm es als Ausdruck seiner Zutraulichkeit und freute sich dem Anlass entsprechend, soweit es die Maßnahmen, die zu treffen waren, erlaubten.
Eines Tages geschah es, dass ein Mann, der seit Jahren an Rheuma und Herzrasen zu leiden gehabt hatte, von einem Moment auf den anderen von seinen Schmerzen befreit war, nachdem Karl ihn wie nebenbei, aber doch heftig ins Bein gebissen hatte. Seine Beschwerden waren nicht wiedergekommen. Ein leichter Narbenschmerz war von der Verletzung geblieben, der aber nichts war verglichen mit dem, was der Mann bis dahin durchzumachen gehabt hatte, eine Nebenwirkung, die er gern in Kauf nahm, wie er sagte. Von da an schwor er darauf, bei kleineren oder größeren Beschwerden jeglicher Art von Karl auf diese Weise behandelt zu werden. Es meldeten sich weitere Opfer, denen es ähnlich ergangen war, nachdem Karl sich mit ihnen befasst

hatte, denn erst jetzt führten sie die Linderung ihrer Beschwerden auf ihre Begegnung mit Karl zurück. Und wie es nicht unüblich war, sich Bienen ansetzen zu lassen, vertrauten diese Menschen auf die heilende Kraft der Bisse, die Karl ihnen versetzte.

Von Tag zu Tag waren es mehr, die sich Hilfe suchend an ihn wandten und auf der Bank vor dem Haus und in einem der Zimmer darauf warteten, dass er sich ihnen widmete. Karl tat, was er konnte, und half. Wer gerade dran war, kniete vor ihm und krempelte sich einen Ärmel oder ein Hosenbein hoch und versuchte, sich um ihn zu bemühen.

Diejenigen, die ihm dabei nicht in die Augen sehen konnten, hatten die Möglichkeit, die Hand oder den Fuß durch die Karltür zu stecken und darauf zu hoffen, dass Karl, der dahinter wartete, ihrer Erwartung entsprach.

Nicht immer war die Behandlung erfolgreich, doch über zusätzlichen Schaden wagte keiner, der sich darauf eingelassen hatte, zu klagen.

Es kam auch vor, dass Karl die Behandlung verweigerte oder abbrach und den einen oder anderen unversorgt wieder entließ. Abgewiesene versuchten es immer wieder zu erzwingen, von ihm versorgt zu werden, doch provozieren ließ er sich nicht und biss nur noch in Ausnahmefällen und mehr zur Verteidigung als aus gutem Willen und ohne die Wirkung, die man sich davon versprach.

Sosehr ihn seine Eltern nun auch abzuschirmen versuchten, der Andrang war doch zu groß, und Karl wirkte zunehmend matt und erschöpft und zog sich immer öfter und länger zurück, und endlich gab man es auf, ihm diesen Dienst abzuverlangen.

Karl erholte sich rasch. Er grub jetzt sehr viel. Gegraben hatte er auch früher schon gern. Jetzt nahm er es wieder auf. Bei den Spaziergängen, die sie nun wieder häufiger unternahmen, auf den Wiesen, im Wald und im Garten grub er Löcher in den Boden und legte sich davor hin und bellte hinein, wie er das die ersten Jahre über gemacht hatte.

Tage konnte er damit verbringen, vor einem Loch zu liegen und hineinzubellen, um schließlich darin zu verschwinden. Mit jedem Tag grub er sich tiefer in die Erde und verschwand länger darin. Bald lebte er fast nur noch unter Tage. Am frühen Morgen verließ er das Haus und verschwand in eines der Löcher, und bis auf ein entferntes Bellen war nichts von ihm zu hören.

Für den Fall, dass er Hilfe bräuchte, saßen der Mann und die Frau auf der Bank und hielten Wache, bis Karl wieder auftauchte und es gut sein ließ für diesen Tag. Dann schüttelte er sich und verbrachte Stunden damit, sich zu säubern, was in gemeinsamer Arbeit geschah.

Eines Morgens kam er nicht an ihr Bett.

Sie suchten nach ihm, und die Nachbarn suchten

nach ihm. Im Garten wurde nach ihm gegraben, wenn auch mehr zur Beruhigung der beiden als im Glauben daran, ihn zu finden.
Gerüchte machten die Runde, Karl sei beim Wildern erwischt und von einem Jäger zur Strecke gebracht worden, der ihm tatsächlich eine Weile nachgestellt hatte, weil er es nicht hatte verwinden können, von ihm nicht behandelt worden zu sein. Der Mann schwieg sich aus. Und der Briefträger schwieg sich aus, der ins Gerede kam, weil er sich als Einziger in der Gegend nicht nach Karls Verbleiben erkundigt hatte. Anderen Berichten zufolge war Karl immer wieder aus fahrenden Autos herausbellend gesehen worden, was stimmen konnte, denn vom Auto aus die Leute zu grüßen und auf sich aufmerksam zu machen hatte er immer geliebt.
Die Gerüchte verstummten, und eine ganze Weile hing sein Foto an Baumstämmen und Straßenlaternen, ehe Kinder Schneebälle danach werfen konnten, ohne an ihn zu denken.

DIE GROSSEN MAHLZEITEN

Um *SIEBEN*, UM *ELF*, UM *DREI* und um *sieben*, nicht um *sechs*, um *zehn*, um *zwei* und um *sechs*. Eine Stunde vor den Mahlzeiten, Vater. Um *sieben*, um *elf*, um *drei* und um *sieben*.
Mir musst du das nicht sagen. Ihr musst du es sagen. Sie meint, um *sechs*, um *zehn*, um *zwei* und um *sechs*. Ihr hat der Arzt gesagt, um *sechs*, um *zehn*, um *zwei* und um *sechs*.
Mir hat er gesagt, um *sieben*, um *elf*, um *drei* und um *sieben*. Und dir hat er das auch gesagt, Vater. Uns beiden hat er das gesagt. Gegessen wird eine Stunde danach. Gegessen wird um *acht*, um *zwölf*, um *vier* und um *acht*, hat er gesagt.
Ich sage ja, um *sieben*, um *elf*, um *drei* und um *sieben*. Um *acht*, um *zwölf*, um *vier* und um *acht*. Das sage ich die ganze Zeit. Doch dann setze ich mich an den Tisch und will essen, und *sie* schüttelt den Kopf und sagt, um *sechs*, um *zehn* und um *zwei* und um *sechs*.

Hans? Ist es Hans? Es ist Hans, nicht? Wie lange wird er bleiben, frag doch, wie lange er bleibt.

Sag mir, wie geht's deinen Eltern? Du siehst sie doch hin und wieder, sagst du.
Wann immer es geht. Öfter geht es nicht, weißt du.
Und sie kommen noch allein zurecht?
Besser und schlechter. Zumindest denke ich das, Vater.
Dann ist es gut.

Morgen komme ich, Mutter. Wie immer, um zwei.

Eine Stunde vor den Mahlzeiten, heißt es. Eine Stunde danach wird gegessen. Das weiß ich. Es ist nur, wie weiß ich eine Stunde davor, ob ich eine Stunde danach hungrig sein werde. Wie soll ich um *sieben*, um *elf*, um *drei* und um *sieben* wissen, ob ich um *acht*, um *zwölf*, um *vier* und um *acht* essen will. Was, wenn mir dann nicht danach ist, eine Stunde danach?

Gestern warst du nicht hier. Er ist hungrig, weißt du.

Wie könnte es mir denn heute gehen, und ihr, was meinst du?
Es könnte dir gut gehen, Vater. Und Mutter auch. Ihr könntet es gut haben jetzt. Ich weiß es nicht. Du könntest hungrig sein. Dir könnte kalt sein. Dir ist kalt, habe ich recht?
Kalt, ja. Nein, kalt ist mir nicht. Sagt sie das?

Ich frage dich, Paul, was sagen wir Hans, wenn er nach Vater fragt? Sagen wir, er ist außer Haus?

Wann du kommst, lässt sie fragen. Es ist sieben.
Die Pillen willst du nicht nehmen, sagst du? Warum denn nicht?
Weil ich hungrig bin. Weil mir nach Essen ist. Jetzt. Darauf freue ich mich schon den ganzen Tag. Satt zu sein, endlich einmal.
Aber gegessen habt ihr doch heute? Gefrühstückt. Es ist sieben Uhr abends jetzt Vater.
Wäre denn jetzt nicht Zeit, dieses Zeug einzunehmen? Um *sieben*, um *elf*, um *drei* und um *sieben*, das sagst du doch immer. Oder ich frühstücke jetzt und nehme es um acht. Obwohl, wenn ich es um *acht* nehme, dürfte ich doch erst um *neun* wieder essen. Sie sagt, wenn ich es um *sechs* geschluckt hätte, könnte ich jetzt um *sieben* etwas haben.

Ich weiß, Paul, es ist früh.
Es ist zwei Uhr früh, Mutter. Ihm ist kalt?
Kalt, ja. Es ist noch nicht sieben, sagt er.

Um *drei*, heißt es, Vater, um *drei*, und dann wieder um *sieben*. Es ist *vier*. Du darfst essen.
Essen kann ich jetzt nicht. Du weißt ja. Eine Stunde danach.
Eine Stunde nach *drei*, das ist *vier*. Lass es dir schmecken. Sie macht dir doch was?

Ich muss es um *zwei* nehmen, sagt sie. Um *zwei* und um *sechs*.
Du hast es um *drei* nicht genommen?
Sie sagt, der Arzt sagt, um *sechs*, um *zehn*, um *zwei* und um *sechs*. Nicht um *drei*. Das war der Fehler, die ganze Zeit über war das der Fehler, sagt sie. Und außerdem, es ist *vier*. Ich bin hungrig. Um *drei* wusste ich das nicht.

Wie heiß er oft ist. Am Tag strahlt er und strahlt.

Sie wird es dir selbst sagen. Sagst du es ihm?
Wer ist es denn, ist es Hans?
Nicht Hans, Mutter, ich bin es, Paul. Um *sieben*, um *elf*, um *drei* und um *sieben*. So schwer ist das nicht. Der Zettel liegt auf deinem Nachttisch. Um *sieben*, um *elf*, um *drei* und um *sieben*.
Aber richtig ist das nicht, Hans. Von dem Zeug wird ihm immer so heiß. Ich will nicht schuld sein, weißt du.

Am Montag kommt er, hat er gesagt. Heute ist Montag. Er ist noch immer gekommen.
Und wenn heute nicht Montag ist? Für ihn, meine ich. Das ist doch schon vorgekommen. Was ist dann?

Es heißt doch, eine Stunde davor, heißt es doch. Es ist nur, eine Stunde danach essen wir nicht. Vor was also eine Stunde davor? Wenn es eine Stunde danach nichts zum Essen gibt, kann es eine Stunde davor nichts zum Einnehmen geben. Sie sagt, es ist alles falsch, wie es ist.

Ich sehe, dass du da bist. Und doch frage ich dich, wann du kommst. Wann du wieder kommst, frage ich dich.
Aber ich bin doch gerade gekommen, Mutter. Ich bin hier.
Und doch wie schon wieder weg. Du kommst nur noch, um wieder zu gehen. Heute ist Dienstag, sagst du. Aber dienstags kommst du nicht, nie. Sag nicht, dass heute Dienstag ist, Paul.

Wir stehen auf, es ist Tag, und ich frage mich, hat die Katze gefressen. Die Katze frisst nicht, sagt sie. Vater?
Wer, ich?
Ja, Vater. Du. Schlecht geht es euch nicht, weißt du.

Er ist tatsächlich gekommen. Hörst du mich? Bist du wach?
Ich habe dir gesagt, er ist noch immer gekommen.
Aber an einem Dienstag, Franz. Was soll denn nur werden?

Er ist jetzt immer so kalt in der Nacht. Wenn er schläft und nicht schlafen kann, wie er sagt. Er liegt da und ist kalt.
Dann macht sie mich wach. Sie greift mir den Kopf ab und den Hals und die Hände, davon wache ich auf.
Dann wecke ich ihn, um zu sehen, ob er noch da ist.
Ich bin da, wir sind wach, und ich warte darauf, dass sie einschläft und mich schlafen lässt, bis es morgen wird, bis es sieben wird.
Am Tag ist er heiß, das machen die Pillen. Eine Stunde danach wird ihm warm. Und dann heiß. In der Nacht kühlt er ab und wird kalt.
Sie tastet mich ab, die Hände, den Kopf, immer gleich, davon wache ich auf.
Er ist so still in der Nacht. Als wäre er weg. Er liegt neben mir und ist still. Dann hole ich ihn aus dem Schlaf.
Es ist noch zu früh, sage ich. Doch sie hört nicht. Ihre Hände wischen mir über den Kopf und den Hals. Ich versuche zu schlafen, ohne dass sie es merkt, und dabei laut zu atmen, dass sie es hört. Aber sie hört es nicht.
Er atmet nicht, denke ich. Dann suche ich ihn und hole ihn wieder zu mir.
Sie steht neben mir und streicht mir über den Kopf und den Hals. Und ich denke, es ist so weit, es ist sieben. Aber sieben ist es nicht, nie. Wo bist

du denn, fragt sie. Ich bin da, sage ich. Was wird werden, sagt sie. Was soll werden, sage ich, es ist Nacht, es wird Tag, das ist es, was wird. Es wird sieben.

Er steht in den Rosen. Er steht in den Rosen und steht.

Sag, Paul, wo es mir doch gut geht, könnte ich das Zeug doch ausfallen lassen. Einmal am Tag müsste doch darauf zu verzichten sein, wo es mir doch nicht schlecht geht, was meinst du?

Wenn er es um *drei* nicht nimmt, kann er ab *halb fünf* kaum noch gehen. Dann trippelt er auf dem Stand und kommt nicht vom Fleck. Es geht ihm besser, sagt er. Wenn es ihm besser geht, wird er es auch um *sieben* nicht nehmen. Dann steht er nur noch und steht.

Dass die Frau Wagner nicht mehr leben soll, kann ich nicht glauben. Du musst dich verhört haben. Du hast dich ganz sicher verhört.
Schau auf der Rückseite. Du musst das Bild umdrehen, dann siehst du, wer noch lebt und wer nicht.
Ob das stimmt mit den Kreuzen. Wer weiß, wie viele uns schon für tot halten. Ich bin ihr doch noch beim Einkaufen begegnet.
Wie lange du nun schon nicht mehr einkaufst, denk

nach. Geredet haben wir von ihr. Dass sie gestorben ist, hast du gesagt. Und wer wohl der Nächste sein wird, hast du gefragt.
Das fragst doch nur du. Was wird sein, fragst du. Gar nichts wird. Nichts.
Aber der, dritte Reihe, der zweite von links, neben Georg, den kennst du doch. Das bist du.
Ich bin der neben wem? Sag, haben wir eigentlich Kinder? Wie viele Kinder hätten wir denn? Der neben wem bin ich, sagst du?

Jetzt bückt er sich zu den Rosen hinunter. Er wird sich stechen. Er greift hin und rinnt aus. Was ist dann?

Gestern habe ich ihr gesagt, du kommst morgen. Jetzt sagst du, dass du morgen erst kommst. Der Katze ist nicht zu helfen, sagt sie.

Früher war ich oft froh, dass er weg war. Aber jetzt. Er steht nur und steht.

Wenn ich es ausfallen lasse, was meinst du, es bleibt sich doch alles gleich, eine Stunde davor, eine Stunde danach, egal, ob geschluckt oder nicht geschluckt, das denkst du doch auch? Es ist nur, was ist mit der Stunde danach, wenn es die Stunde davor nichts gegeben hat?

Ich rede und höre mich reden und denke, hört er mich oder hört er mich nicht. Ist es meine Stimme von damals oder bin ich es jetzt, die er hört.

Und ob die Frau Wagner noch einkauft. Für fünf Hungrige kauft die noch ein. Danach sieht es immerhin aus. Und wie sie sich abmüht, als hätte sie das Kreuz zu tragen, das wir ihr schon auf den Rücken gemalt haben. Aber sie lässt sich nicht helfen, siehst du. Sie kauft ein und trägt alles allein. Was wäre dabei, sie hereinzuwinken, und wenn auch nur, um ihr zu zeigen, dass auch mit uns noch zu rechnen ist.

Der Katze ist nicht zu helfen. Die frisst außer Haus.

ETWAS VERÄNDERT SICH

Was heisst, was wird aus der Wohnung, wo doch das Haus nicht mehr steht. Sie haben es abreißen lassen. Wegen der Ratten.
Welche Ratten denn? Sie werden ihre Gründe gehabt haben. Wir wissen es nicht.
So groß wie kleine Schweine sollen die Ratten gewesen sein. So stand es dann auch in der Zeitung. Aber es musste ja Flattach sein. Wer Thea kennt, hätte schon beim ersten Maulwurfshügel merken können, dass etwas mit ihr geschehen sein musste. Ich habe immer gesagt, das geht nicht gut mit Thea und Paul. Aber einmischen will man sich nicht. Und es geht einen nichts an.
Klaus. Er ist dein Bruder.
Thea hätte nicht nach Flattach gehen dürfen. Von ihrem Zustand wusste ich nichts. Er hat sie ja vollkommen isoliert. Paul und Flattach, meine Meinung dazu kennst du.

Bitte entschuldigen Sie, aber hätten Sie vielleicht irgendwo einen Zahn gesehen? Er hat sich selbstständig gemacht und ist auf und davon. Beim Frühstück hier am Tisch habe ich ihn doch noch gehabt.

Um Paul hat man sich immer Sorgen gemacht. Dass es Thea nicht gut gehen könnte, daran hat niemand gedacht. Wie lange ist sie jetzt hier? Und es wird nicht wirklich besser mit ihr. Um sie hätte man sich kümmern müssen. Aber das sieht man immer zu spät. Es heißt, dass sie auf Nummer 30 kommt jetzt. Und Paul soll nachkommen. Hast du gehört?
Nur gut, dass wir von dort weg sind. Wir haben zu lange auf Nummer 30 gewohnt. Wir haben es eben nicht früher gemerkt.
Was hätten wir denn nicht früher gemerkt? Auf Nummer 30 kamen wir doch gut zurecht. Ich habe diese Zeit nicht bereut.

Ich wünsche einen schönen Siebzehnten. Es ist sechzehn Uhr sechsunddreißig.

Paul und von Flattach weggehen, noch dazu, um zu uns zu kommen, das hätte ich mir doch nicht gedacht.
So sonderbar ist das nicht, Klaus. Seinetwegen ist Thea nach Flattach gegangen. Und ihretwegen kommt er jetzt eben hierher.
Nur an Flattach nicht anstoßen, sage ich. Solange Paul in Flattach ist, denkt hier keiner an ihn.

Thea wird an ihn denken. Und ich denke an ihn, Klaus. Ich habe immer an ihn gedacht.
Du hattest immer eine Schwäche für ihn, das ist richtig. Aber die hattest du für mich auch.

Der Zahn ist gefunden, ich danke. Auf die Idee, im Mund zu suchen, komme ich immer zuletzt. Ich hatte vergessen, dass heute Sonntag ist.

Das Haus hätte man nicht abreißen müssen. Mehr sage ich nicht.

Ich wünsche einen schönen Neunzehnten. Es ist achtzehn Uhr neunundzwanzig.

Dafür, dass es mir so schlecht geht, lebe ich doch verdammt gut, hat Paul immer gesagt. Für Thea wurde es eines Tages zu viel. Wir müssen zum Arzt, sagte sie, wir müssen dein Blut untersuchen. Damit fing es an. Seither ist Paul gesund, und nichts ist mehr, wie es war. Bis zu dieser Untersuchung war er der kränkste Mensch auf der Welt. Bis Thea es wissen wollte und sein Arzt ihm gesagt hat, er sei der gesündeste Kranke, den er je gehabt hätte.
Es ist eben anders gekommen.
Gar nichts ist anders gekommen. Paul ist seit jeher der Gesündeste von uns allen. Daran hat sich nichts geändert. Aber dass er jetzt zu uns will, wem wäre damit geholfen?

Den Zahn brauche ich nur, wenn ich zur Messe gehe, sonntags, dann setze ich ihn ein. Aber ich habe ihn immer bei mir. Für den Fall, dass es einmal so weit ist. Da möchte ich komplett sein, wissen Sie.

Wir stehen jetzt immer erst nach dem Aufstehen auf. Dadurch dauert der Tag nicht so lang. Wir stehen auf und legen uns hin, und wenn wir dann aufstehen, ist es schon wieder näher zum Abend. So halten wir durch.

Ich soll mich umgebracht haben? Das hätte mir meine Ärztin aber gesagt. Warum sollte ich das denn getan haben? Klaus.
Ich kann dir das doch nicht sagen, Ludwig. Du hast dich umgebracht. Du wirst deine Gründe gehabt haben. Es heißt, du hast dich erschossen.
Ich habe mich erschossen. Das erklärt, warum sich keiner mehr blicken lässt. Ich habe keinen Kontakt mehr, weißt du.
Sie sagen, du warst nicht gleich tot.
Ich war nicht gleich tot. Sagen sie das. Klaus, wir waren doch immer gut miteinander, das wird sich doch nicht geändert haben?
Du meinst, weil du dich umgebracht hast? Zwischen uns ändert das nichts. Ludwig, ich freue mich doch, dich so lebendig zu sehen.
Ernst geht es jetzt immerhin besser. Theas Mann, Ernst, soll sich erholt haben, heißt es doch.

Theas Mann heißt Paul, Ludwig. Meinst du Paul? Es geht ihm gut, sagst du?
Paul meine ich, ja. Wir waren gemeinsam auf Kur, Paul und ich. Paul hatte doch auch diese Operation. Er hat viel Glück gehabt. Seinetwegen bin ich ja hier.
Es geht ihm besser, sagst du?
Besser, ja. Andererseits ist er doch auch ziemlich bedient. Sie haben ihn aufgemacht und gleich wieder zugemacht. Herr Hauser, bei uns Ärzten sind Sie am falschen Ort, soll der Arzt zu ihm gesagt haben, Sie sind vollkommen gesund. Das hat ihn doch ziemlich gekränkt. Seitdem ist er auf der Suche nach dem richtigen Ort, wie er sagt.

Und, wie geht es Ihrem Zahn? Der Mann vom Stock unter mir. Wie es meinem Zahn geht, fragt er. Immer fragt er mich das. Und, wie geht es Ihrem Zahn? Meinem Zahn geht es gut, sage ich. Und den anderen auch.

Paul und der richtige Ort. Für ihn musste es immer Flattach sein. Und so soll es auch bleiben. Gegen Flattach war nichts zu machen. Paul kann nicht sagen, wir hätten uns nicht bemüht. Dass er Thea dorthin gebracht hat, vergesse ich ihm nicht.
Du musst dich doch darüber nicht aufregen, Klaus. Es geht ihm nicht gut.
Aber dass gerade Flattach an allem schuld sein soll.

Die Augen seien ihm aufgegangen. Paul und die Augen aufgehen, über Flattach. Und wie immer ist es einfach bei ihm, die Flattacher sind schuld. Bisher waren es immer wir.

Woher weißt du denn, dass Flattach an allem schuld sein soll, woher willst du das wissen. Ich habe Paul immer gemocht. Es geht ihm nicht gut, vergiss das nicht.

Eben nichts fehlt ihm, Anna, hast du nicht gehört. Er ist der gesündeste Kranke, den sein Arzt je gehabt hat.

Ich wünsche einen schönen Dreizehnten. Es ist neun Uhr dreiundzwanzig.

Einen schönen Dreizehnten, ja. Ihnen auch einen schönen Dreizehnten, Herr Brunner.

Lass es gut sein, Klaus. Ich weiß, wie sehr du an ihm hängst. Frau Harter, setzen Sie sich doch zu uns. Ihr Zug hat heute Verspätung. So bleibt noch etwas Zeit.

Ich höre, Paul soll zu uns kommen, ist das richtig?

Von welchem Paul ist denn die Rede. Mein Mann heißt Paul, wissen Sie. Kommt der denn heute? Dann darf ich mich nicht verspäten. Das würde ich mir nicht verzeihen.

Nein, Frau Harter, Ihr Mann kommt heute nicht. Und lasst Paul dort, wo er ist. Wo ein Flattacher ist, kommen andere nach. Schon bald wären wir mit all den Flattachern zusammen, die man in Flattach nicht haben will. Wozu ihm das antun und uns.

Haben Sie denn ein Zahnetui, fragt er. Ein Zahnetui habe ich, ja, sage ich.

Schlecht gehen kann es ihm auch in Flattach. Dazu braucht er uns nicht.

Herr Orter, was machen Sie denn so allein auf dem Gang?
Mich scheint es hier nicht mehr zu geben. Sie sehen ja, das Zimmer ist geräumt, die Sachen sind aus dem Haus. Als hätte es mich hier nie gegeben.
Das ist ja auch nicht Ihr Zimmer, Herr Orter. Ihr Zimmer liegt einen Stock tiefer. Wie gestern auch, wissen Sie.
Einen Stock tiefer, ja. Das sagt man mir jeden Tag. Einen Stock tiefer. Jeden Tag sagt man mir das. Was geschieht, geschieht bereits ohne mich.

Anna wirst du nichts sagen, Inge. Kein Wort wirst du über ihren Zustand verlieren. Man muss nicht immer allen alles sagen. Ich will nicht wissen, wann es mit mir einmal so weit sein wird. Und auch von dir muss ich das nicht erfahren, verstehst du.
Aber Anna lebt doch im festen Glauben daran, dass ihr nicht mehr zu helfen ist. Dagegen muss man doch etwas tun.
Lass sie in dem Glauben. Wenn es ihr gut geht dabei. Denk an Paul. Seitdem der weiß, dass er gesund ist, hat er keinen frohen Tag mehr gehabt.

Dass einem nichts fehlt, damit muss man umgehen können. Paul wird nicht fertig damit.

Ich gehe aus dem Zimmer und sehe von draußen in das Zimmer hinein. Und ich sehe, in meinem Bett liegt ein Neuer. Als hätte es mich hier nie gegeben. Danach sieht es doch aus.
Herr Orter, einen Stock höher diesmal.

Wenn es Paul nicht gut geht, weil er gesund ist, wie du sagst, dann müsste es ihm doch gut gehen jetzt, wo es ihm schlecht geht, weil ihm nichts fehlt. Oder verstehe ich da etwas nicht?
Inge, wie auch immer es sein mag, Anna ist die Falsche, der reiner Wein einzuschenken ist. Vergiss nicht, wir gehen auf Besuch. Und wer weiß, wie es wirklich um sie steht.

Ob ich Hunde mag, fragt er.

Im vierten Stock dauern die Tage *noch* länger, wo sie schon im zweiten nicht aufhören wollen. Im fünften geht die Sonne nicht unter. Nach dem Aufstehen gehen wir auf den Gang und fahren in den vierten Stock hinauf, in die Sonne. Von dort sehen wir auf den See. Danach steigen wir über die Treppe zu uns auf die Schattseite herunter. Und wieder ist etwas getan.

Frau Harter, heute kommt der Zug etwas später. Darf ich Ihnen den Koffer abnehmen? Hätten Sie etwas dagegen, wenn ich Sie ein Stück begleite? In den zweiten Stock hinunter wäre es mir schon genug. Dort steige ich aus.

Hunde mag ich nicht, nein.

Klaus. Du weißt, dass ich es mag, wenn du mir erzählst, was um uns herum vorgeht. Was siehst du denn dort auf dem See?
Ein Boot sehe ich. Und ein Mädchen. Beinahe wäre es ins Wasser gefallen. Aber dazu kommt es noch, wenn es so weitermacht. Bemüh dich nicht, du kannst es nicht sehen. Du musst dich ja immer hinter diesem Baumstamm verstecken.
Ich würde es ja doch nicht sehen, Klaus. So weit reichen meine Augen nicht. Und wozu hätte ich dich? Was ist mit dem Mädchen?
Ein Junge versucht schon eine ganze Weile vom Wasser aus das Boot zum Kentern zu bringen. Das Mädchen scheint zu rufen, aber ich höre es nicht.
Welches Boot kannst du denn meinen. Ich sehe kein Boot.
Ich wusste, ich muss wieder alles erklären, weil du von deinem Platz aus nichts siehst.
Es ist mein Stuhl, Klaus, und mein Platz, um dir gegenüberzusitzen. Ich wüsste nicht, was ich in all

den Jahren zu sehen versäumt hätte. Solange ich deine guten Augen habe, entgeht mir nichts. Aber heute leisten Sie uns Gesellschaft, Frau Harter. Sie können doch nicht immer nur unterwegs sein. Setzen Sie sich zu uns.
Ein andermal gern, aber heute geht das nicht, ich muss doch zu meinem Mann. Sie wissen ja, der wartet auf mich. Er soll heute ankommen. Weihnachten wollen wir doch wieder zusammen sein.
Von dem Mädchen ist nichts mehr zu sehen. Das Boot ist verschwunden. Bin ich froh, keine Kinder zu haben. Vielleicht sollte man jemanden aufmerksam machen.
Die Kinder spielen doch nur. Klaus, wie lange wir schon in keinem Boot mehr gesessen haben. Was meinst du, sollten wir es wieder einmal versuchen, hinausrudern und uns vom Wind treiben lassen, und ich schließe die Augen, und du sagst mir, was rundum geschieht?

Unterm Tisch die toten Fliegen, denen keiner was zuleide tat, sehen Sie die? Hat die jemals einer gezählt? Geben Sie acht auf sich, man kann ihnen nicht trauen. Sie werden noch an mich denken.

Das Boot ist jetzt wieder zu sehen. Es ist leer.
Also was ist nun, Klaus, rudern wir hinaus? Erinnerst du dich? Es ist lange her.

Er liegt neben mir, und ich denke, das wird wieder, denke ich. Dann stehen wir auf und liegen noch etwas nach, dann stehen wir auf und legen uns noch einmal hin, dann wird es bald Tag, und eine Nacht ist fast wieder vorbei.

Der Arzt sagt, die Kleider gehen nicht mehr. Was wird ihm als Nächstes einfallen, nur um nicht mit mir reden zu müssen. Etwas verändert sich, Klaus. Ich werde nicht schlau aus ihm. Heute passen ihm meine Kleider nicht und morgen hat er vielleicht schon etwas gegen mich überhaupt.
Anna, wie oft du zu mir gesagt hast, deine Sachen passen nicht mehr, so lasse ich dich nicht unter die Leute, wie oft hast du das zu mir gesagt. Und, bin ich daran gestorben?
Das ist erst der Anfang, du wirst sehen. Jeden Tag gehen sie einen Schritt weiter.
Du hast dich verhört. Der Arzt kann das nicht gesagt haben. Die Kleider stehen dir doch.
Er hat recht. Und du weißt, dass er recht hat. Alles ist eine Nummer zu groß.

Was wir hören, sind nicht unsere Schritte. Es sind die Schritte der Neuen, die unsere Plätze beziehen. Uns gibt es hier nicht. Was geschieht, findet ohne uns statt. Danach sieht es doch aus.
Herr Orter, das Zimmer daneben, die dritte Tür links.

Was heißt das, du hast alles gesehen? Was hättest du denn gesehen?
Das Mädchen in dem Boot habe ich gesehen, und den Jungen im Wasser habe ich gesehen. Und das leere Boot habe ich gesehen. Und habe ich nicht gesagt, es würde mich nicht wundern, wenn da noch etwas passieren würde.
Woher hast du es, aus der Zeitung? Wie lange weißt du es schon? Und sagst mir kein Wort.
Vielleicht hätte es doch etwas genützt. Wenn man darauf aufmerksam gemacht hätte, meine ich.
Klaus. Ich weiß nicht, was geschehen wäre, wenn du darauf aufmerksam gemacht hättest. Und ich habe keine Ahnung, was aus uns geworden wäre, wenn wir uns damals anders entschieden hätten.
Dass du immer damit anfangen musst.
Du meinst, wenn Paul nicht nach Flattach gegangen wäre, ob du dann noch mit ihm zusammen wärst, meinst du das?
Lass es gut sein, Klaus. Versuch zu vergessen, was war.

Viele sind wir nicht mehr. Wenn man bedenkt, wie viele wir waren. Wir sind die Fliegen, denen keiner was zuleide tut. Wenn wir gestorben sind, sind wir die toten Fliegen, denen keiner was zuleide tat. Sie wollen nur das Beste für uns. Sehen Sie sich um. Schauen Sie auf das Fensterbrett, sehen Sie unter die Tische, und Sie wissen, was läuft.

Ich sage Vater zu ihm. Aber er wäre dein Vater, Hans. Er fragt nach dir, und ich weiß nicht, was ich ihm noch alles sagen soll, warum du nicht kommst. Platz hätten wir doch. Wenn ich hinkomme, sitzt er auf seinem Stuhl neben dem Bett. Der Koffer ist immer gepackt. Man muss immer bereit sein, sagt er.

Ich wünsche einen schönen Achtundzwanzigsten. Es ist neun Uhr dreiunddreißig.

Morgen fahre ich wieder zu ihm. Ich verspreche dir, ich lasse ihn dort. Ich bringe ihn nicht mit. Du musst keine Angst haben, Hans.

Wenn ich die Tür öffne, wird man mich kennen? Die Tür daneben, Herr Orter. Aber gehen Sie nur hinein, Herr Berger freut sich sicher über Ihren Besuch.

Ich bin nicht hingefahren. Heute war ich nicht dort. Auf dem Weg zu ihm bin ich ins Kino abgebogen. Den Film hatte ich noch dazu schon gesehen.

Von vermisster Schülerin weiterhin keine Spur

Was heißt, worüber habt ihr geredet. Ich habe ihm den Film erzählt. Er hat nicht gefragt, nein.

Es war in Rennes. An dem Tag war doch in Rennes das Konzert. Auf dem Weg zur Bühne drückte mir jemand ein Telegramm in die Hand, und ich wusste, jetzt ist es so weit.
In Rennes war das nicht, Klaus. In Rennes haben wir nicht gesungen. Wir haben in Angers, in Arles und in Tours gesungen. In Rennes warst du in deinem Leben nicht. Zumindest nicht mit mir. Aber ganz sicher nicht damals, als dein Vater gestorben ist.
In Rennes war es und nirgendwo sonst. Auf dem Weg auf die Bühne drückte mir jemand aus dem Chor ein Telegramm in die Hand. Beim Abschied hatte Vater mir noch gesagt, lass dich nicht aufhalten, fahrt ruhig nach Frankreich und kümmert euch nicht um mich, spätestens in Paris wirst du wissen, dass es mit mir so weit ist.
Du und dein Vater, Klaus. Ein Telegramm hast du bekommen. Aber nicht in Rennes, sondern in Tours. Deine Schwester hat uns zum Erfolg in Angers gratuliert. Das Telegramm müsste ich noch irgendwo haben. Es war unsere Hochzeitsreise, Klaus.
Ich habe es erst gar nicht gelesen. Ich habe es eingesteckt und mit dem Singen begonnen und mir gedacht, wir sind noch nicht in Paris, und schon ist es so weit.
Das Telegramm habe ich noch, Klaus. Zwing mich nicht, es zu finden. Ich weiß auch nicht, warum das so wichtig ist jetzt. Warum bist du eigentlich

nicht zum Begräbnis gekommen. Ich war auf dem Begräbnis. Paul war auch dort. Alle waren wir dort. Nur du warst nicht dort.

Dann wachsen Knöpfe aus der Wand heraus und beginnen zu blinken, und meine Aufgabe ist es, zum richtigen Zeitpunkt den richtigen Knopf zu drücken, das weiß ich, nur habe ich keine Ahnung, welcher der richtige sein könnte. Die Knöpfe leuchten auf und verschwinden. Einige bleiben dunkel oder leuchten erst nach einer Zeit, dann weiß ich nicht, was zu tun ist. Ich weiß nur, hinter der Wand liegt dein Vater, und wie es ihm geht, hängt davon ab, ob ich die richtigen Knöpfe drücke oder eben doch nicht.

Die ganze Reise war überschattet. Auf dem Weg zur Bühne, ich weiß nicht mehr, war es Karl oder war es Paul, der es mir gegeben hat, aber ich weiß, mit dem Telegramm in der Tasche habe ich gesungen, in Rennes. Nicht in Tours und nirgendwo sonst.
Ich suche es, Klaus. Ich zeige dir das Telegramm. Deine Schwester gratuliert dir darin zum Erfolg.
Meine Schwester und mir gratulieren, das glaubst du doch selbst nicht.
Ich zeig es dir, Klaus.

Nebenan liegt er. Aus der Wand zwischen uns wachsen die Knöpfe und schwellen an und verschwinden, und ich drücke und drücke, und es ist nicht zu sagen, hilft es ihm oder hilft es ihm nicht.

Fahrt ruhig nach Paris, sagte er. Die Ärzte hatten ihn aufgegeben. Und er sich selber wohl auch. Auf Paris hat er nicht mehr gewartet.

Bis Paris sind wir nicht gekommen, nein. Meinst du, wir würden es noch schaffen, jetzt, nach Paris? Was sagt der Arzt, Klaus. Mit mir redet er nicht über mich. Und die Pfleger, was sagen die Pfleger. Sie sind so aufmerksam. Da macht man sich doch Gedanken.

Anna. Ich kann das nicht sagen. Ich weiß es nicht. Ich weiß es ganz einfach nicht. Auf den See hinaus reicht es noch allemal.

Was sind denn die Zeichen? Ich will es wissen, hörst du.

Die Zeichen. Ich weiß nicht. Ich könnte ein Boot mieten.

Ein Boot mieten? Wir könnten ein Boot mieten, ja.

Wir könnten ein Boot mieten und hinausrudern und uns vom Wind treiben lassen.

Das könnten wir. Ja.

Wir könnten ein Boot mieten und hinausrudern und uns vom Wind treiben lassen. Zu der Stelle, an der das Mädchen verschwunden ist.

Das tun wir. Und dann? Was tun wir dann?

Dann suchen wir dort nach dem Mädchen. Und

wenn wir es gefunden haben, dann könnte es so weit sein, vielleicht, meine ich.

Dann stehen wir auf. Wir stehen auf und besuchen Herrn Orter. Das ist eine Reise, denn der wohnt nie dort, wo er wohnt. Danach machen wir uns auf den Weg zu Frau Harter, um sie ein Stück des Weges zu ihrem Mann zu begleiten, und wieder ist etwas getan.

Was magst du Anna nur alles erzählt haben, dass die beiden so gar nichts mehr von sich hören lassen. Du wirst uns auch noch die Letzten vergraulen mit dem, was du immer erzählst.
Was du immer in allem sehen musst, Kurt. Und was fragt Anna mich auch die ganze Zeit aus. Ich war wie auf dem Prüfstand. Und, Kurt, so wie Anna gefragt hat, weiß sie ohnehin alles. Wie sie es aus mir herauslocken wollte, glaubst du, ich hätte das nicht gemerkt?
Gerade dann musst du nicht alles sagen.
Ich denke, wenn sie all die Lügen verträgt, kann sie auch einiges an Wahrheit verkraften.
Von welcher Wahrheit denn, Inge, wo doch keiner was weiß. Und dann entschuldigst du dich auch noch im Nachhinein und beteuerst, dass du es nicht so gemeint hättest, das macht alles noch schlimmer.
Ich habe sie angerufen, um ihr zu sagen, dass es

nicht so gemeint war, wie du mir während der Fahrt nach Hause einreden wolltest, dass es hätte gemeint gewesen sein können. Ich habe ihr vorgeschlagen, beim nächsten Mal eine Bootsfahrt zu machen, was wäre denn daran so verwerflich, sagst du mir das? Wo doch sie davon angefangen hat.
Haben sich die beiden seither noch einmal gemeldet? Hüten werden sie sich.
Ich habe gesagt, dass ich mich darauf freue, mit ihnen eine Bootsfahrt zu machen. Und Anna hat mich angesehen, wie sie mich noch nie angesehen hat. Was du immer in allem sehen musst, Kurt. Gar nichts mehr dürfte man sagen.

Suche nach vermisster Schülerin eingestellt

Mag ich Hunde? Wie geht's meinem Zahn? Ständig frage ich mich, was könnte er denn von mir wollen. Wie wollt ihr mich haben. Sagt ihr mir das? Was wollen Sie hören, ich werde es sagen. Das heißt, nichts werde ich sagen. Ich habe nichts gesehen.

Ich will Ihnen ja helfen, Frau Harter. Wir alle wollen Ihnen helfen, wir wollen doch nur das Beste für Sie. Hören Sie mich? Frau Harter. Verstehen Sie mich?
Sie hört nicht. Lass den Strom in der Dose. Frau Harter? Lass sie liegen.

Was heißt, lass sie liegen, die fährt uns davon. Frau Harter, hören Sie mich?

Es wird jetzt früh dunkel. Kaum wachen wir auf, wird es Abend. Kaum schlafen wir ein, ist es Tag.

Man dürfte nichts sagen, zu keinem. Möchtest du das? Ich möchte das nicht.
Inge. Den Leuten von Zimmer 30 muss man nicht sagen, dass man auf Nummer 30, sagen wir, schlechte Aussichten hat.
Ich habe gesagt, dass die Aussicht von Zimmer 30 aus nicht die allerbeste ist, das ist wahr. Und wahr ist auch, dass die beiden nicht mehr auf Nummer 30 wohnen.
Inge. Von Aussicht auf Heilung war die Rede. Schlechte Aussichten, hast du gesagt.

Frau Harter, wir mussten Ihnen wehtun, ich weiß. Aber dafür sind Sie jetzt wieder unter uns. Hören Sie mich? Frau Harter. Sie müssen nicht immer weghören, Frau Harter, mit Ihnen rede ich, ja. Die weckt keiner mehr, sagst du? Ich wecke sie. Wetten? An wem sollten wir üben, wo es hier allen so gut geht.

Wie müde einen jeder Tag macht.

Sie sind auf dem Weg. Ich höre sie kommen. Sie werden mich zu beruhigen versuchen.
Frau Harter, wollen Sie denn wieder nicht essen? Das Essen steht vor der Tür.
Sie sind da. Sie werden mich zu beruhigen versuchen.
Was redest du denn noch auf sie ein. Frau Harter schmückt schon den Christbaum. Lass es gut sein, das war's.

Ich wünsche einen schönen Einunddreißigsten. Es ist vierzehn Uhr neunzehn.

Was soll denn gewesen sein? War was? Gar nichts war, nichts. Wer hinsehen konnte, sah weg.

Frau Harter hat sich beruhigt? Da hat dann aber einer seine Wette verloren.

Von nun an werden wir mit Herrn Orter Frau Harter besuchen, wie sie all die Jahre ihren Mann besucht hat. Der Weg tut uns gut, und wir haben zu tun.

Unfall vorgetäuscht. Vermisste Schülerin wieder aufgetaucht

Wieder aufgetaucht, Klaus. Unser Mädchen, hörst du? Was heißt das für uns?

Thea wohnt jetzt auf Nummer 30. Sie wartet auf Paul. Herr und Frau Schneider stehen nach dem Aufstehen auf. Herr Orter ist immer auf Reisen. Frau Harter hat sich beruhigt. Ludwig hat wieder Kontakt. Ich bin Ludwig. Sie sagen, ich war nicht gleich tot.

Wir brauchen nicht mehr zu suchen, heißt das. Ins Boot steigen wir trotzdem. Wir lassen uns vom Wind treiben, du schließt die Augen, und ich erzähle dir, was rundum geschieht.

DIE KLEINEREN REISEN

SPINAT, PÜREE, SPIEGELEI UND SALAT. Wir wissen, *was* kommt. Nur *wann* es kommt, wissen wir nicht. Im Heim kommt alles wie nach der Uhr.
Und das würdest du wollen? Um fünf geweckt werden jeden Tag und dann Zwieback und Tee und Zwieback und Tee und bis zum Abend noch einmal Zwieback und Tee, das würdest du nicht lange wollen. Wenn wir ihnen nicht immer etwas mitbringen würden, hätte doch keiner unserer Freunde bis jetzt überlebt.
Ob Martin sich erholt hat? Wo ist er denn jetzt überhaupt?
Man hat ihn zu Frank auf die Station gebracht. Es waren wieder die Sardellen. Mehr war nicht zu erfahren. Du hättest ihm die Sardellen nicht geben sollen. Du weißt, wie ausgehungert er immer ist. Und wie unmäßig. Die ganze Schüssel soll er auf einmal gegessen haben. Er weiß einfach nicht, wann genug ist, wann es genug zu sein hat, meine ich.
Vielleicht will er ja über das hinaus, was genug zu sein hat, wer kann das denn wissen? Gerda.

Ich habe ihm die Sardellen gegeben. Ich konnte sie ihm doch nicht wieder wegnehmen. Er wird sich erholen. Er hat sich noch immer erholt. Sie bringen ihn wieder zurück, du wirst sehen. Martin kann ohne Sardellen nicht sein. Ich weiß nicht, was die ihm dort geben, wenn sie ihm überhaupt etwas geben, zufrieden macht es ihn nicht. Solange er noch etwas in sich aufnehmen kann, wird er seine Sardellen haben wollen. Und mich darum bitten. Und ich werde sie ihm bringen. Das verstehst du doch, Gerda.

Kürbiscremesuppe, Saftfleisch mit Knödel und Blaukraut, Kompott.

Wonach riecht es hier? Wonach es hier riecht, will ich wissen.
Nach der Krautsuppe vom ersten Stock riecht es, Karl. Der Geruch kommt beim Fenster herein. Und über die Lüftung. Gert soll die Krautsuppe nicht gutgetan haben. Man hat ihn zu Martin und Frank ins Zimmer gelegt.
Krautsuppe hat Gert noch nie gutgetan, das wissen sie doch. Schon das Wort Krautsuppe reicht, und Gert ist auf Tage hinaus nicht mehr zu sehen. Aber wen interessiert es hier, sich mit Gerts Abneigung gegen Krautsuppe auseinanderzusetzen. Wo ihn schon letzte Woche die Erbsen beinahe umgebracht hätten. Aber nein, wieder musste es Krautsuppe

sein. Und er hat sie gegessen, das wäre vor noch nicht allzu langer Zeit undenkbar gewesen. Den Löffel hätte er nach ihnen geworfen. Und jetzt isst er Krautsuppe und Erbsen und isst und isst, bis er verlegt wird, vielleicht, damit er verlegt wird. Was sie einem zumuten.
Nichts, was man sich nicht auch selbst zumuten würde, Karl.
Du meinst, weil er die Krautsuppe nicht verweigert hat? Stattdessen isst er und isst, ich verstehe es auch nicht. Gert und Krautsuppe, das ist, als entführte mich jemand in eine Konditorei. Dort werde ich schlagartig um zehn Jahre älter jedes Mal, sodass es für mich lebensgefährlich ist, eine Konditorei zu betreten. Ob es der Geruch ist, oder ob es die Kuchen selbst sind, die Kekse, ich weiß es nicht. Ich rieche an einem Kuchen und bin um ein Jahr älter. Schon der Gedanke an frischen Kuchen lässt mich um Monate altern. Marthas Tochter hat über zehn Jahre in einer Konditorei gearbeitet. Gestorben ist sie, lange vor ihrer Zeit. Was muss ich noch sagen. Aus Krautsuppe und Erbsen habe ich mir zu keiner Zeit etwas gemacht, und du auch nicht, Gerda, darin sind wir uns ähnlich.
Wir haben uns überhaupt nie viel aus Essen gemacht.

Eintropfsuppe, bunte Nudeln mit Schinkensauce, Erbsen, Salat. Mit den Erbsen könnten sie von mir aus auch zu spät kommen. Oder gar nicht. Vielleicht sollten sie überhaupt nicht mehr kommen. Was habe ich denn da geschrieben, liest du es mir vor?

Schuhbänder, Butter, Kartitsch, hast du geschrieben.

Kartitsch? Was könnte ich denn damit gemeint haben? Ich werde im Laden danach fragen. Vielleicht steht es ja in einem Regal. Wenn sie es haben sollten, bringe ich es mit.

Dann bringst du es mit, ja. Dann hätten wir auch Kartitsch im Haus. Wer weiß, wofür es gut ist. Haben nicht Erbsen Karl-Heinz das Leben gerettet? Bei seiner Fischvergiftung damals, Fogus oder Pangasius hat der Fisch geheißen, Pangasius oder Fogus. Oder Fugo. An dem er beinahe gestorben wäre, weißt du.

Erbsen sollten ihn gerettet haben? Pangasius, weiß ich nicht, Fogus jedenfalls war es nicht, Fogus wäre ein Kugelfisch, und einen Kugelfisch hat Karl-Heinz in Antares nicht gegessen, Gerda, ein Kugelfisch war das nicht.

Ich sage ja nicht, dass es ein Kugelfisch war, du redest immer von Kugelfisch. Dass ihn Erbsen gerettet haben, sage ich.

Und ich sage, Fugo wäre ein Kugelfisch, ich sage nicht, Karl-Heinz hat einen Fugo gegessen. Aber hätte er einen Fugo gegessen, wie du gerade gemeint hast, dann hätte er einen Kugelfisch gegessen, das sage ich, und Kugelfisch hat Karl-Heinz in

Antares ganz sicher keinen gegessen. Ob es Pangasius war, kann ich nicht sagen. Aber sicher kein Fugo oder Fogus, wie du ihn nennst.
Fogosch, Karl. Ein Zander. Und es war keine Vergiftung, es war eine Gräte, eine Gräte vom Fogosch, von einem Zander, an der Karl-Heinz beinahe erstickt wäre.
Fragen können wir ihn nicht mehr. Und ausgerechnet Erbsen hätten ihn gerettet, sagst du?
Oder war es doch Spargel, der ihn gerettet hat, bei der Vergiftung damals, ich glaube, es waren gar keine Erbsen, es war doch der Spargel, Karl, du hast recht.
Aber du sagst doch, es sei eine Gräte gewesen.
Eine Gräte, ja. Du musst nicht immer alles gleich als Angriff auffassen. Eine Gräte war es, eine Gräte vom Fogosch. Von einem Zander. Und hätte er nicht Spargel gegessen, hätte er nicht überlebt. So haben es die Ärzte gesagt. Der Spargel hat das Gift abgeleitet und abgeführt. Sag also nichts gegen Spargel, bloß, weil du ihn nicht verträgst.
Gerda, es war keine Vergiftung. Ich weiß noch, einen ganzen Laib Brot haben wir in ihn hineingestopft, damit er diese Gräte loswird. Und nichts hat geholfen.
Der Spargel hat geholfen.
Gut, dann soll der Spargel geholfen haben. Aber wann hätte ich denn jemals auch nur ein Wort gegen Spargel gesagt.

Auch gegen die Krautsuppe von vorgestern wäre in Wahrheit nichts einzuwenden. Sie bemühen sich, Karl. Das muss man ihnen doch zugestehen.
Ich sage ja, das Essen kommt dort wie nach der Uhr. Dass es kommt, steht dort immerhin fest. Ob es auch schmeckt, ist eine andere Frage.
Wie auch immer. In ein Heim gehen wir nicht. Nicht, solange sie uns das Essen ins Haus bringen.
Worin liegt der Unterschied, ob wir die Krautsuppe hier essen oder mit unseren Freunden?
Unsere Freunde besuchen wir, Karl. Und danach gehen wir wieder nach Hause. Wir können hingehen, und wir kommen wieder zurück. Das können sie nicht. Denk doch an Thea und Gustav und Martin und Ruth. Wie sie dort liegen und warten und essen und liegen und auf das Essen warten und liegen. Keine Reise zu ihnen hin und keine Reise von ihnen weg. Mit ihnen tauschen möchte ich nicht.
Zu ihnen kommt die Krautsuppe mit dem Lift, zu uns kommt sie auf Rädern. Aber es ist dieselbe Krautsuppe, Gerda.
Wir können lüften, Karl, wir machen die Fenster auf, und es riecht nicht nach der Krautsuppe von vorvorgestern. Wir steigen in den Lift und machen uns davon, du gehst in den Laden, wir gehen auf Besuch. Das sind unsere Reisen. Die Koffer werden kleiner im Alter. Aber es sind unsere Koffer, und die haben wir noch.

Sie bemühen sich ja, du hast recht. Aber das tun wir auch, indem wir ihre Krautsuppe essen, obwohl wir etwas gegen Krautsuppe haben. Aus Solidarität mit Gert müssten wir die nächste Krautsuppe verweigern. Zurückgehen lassen, verstehst du. Und die nächste auch und die übernächste und immer so fort.

Zwiebelsuppe, Leberkäse mit Püree und Erbsen, Salat.

Also wie denn jetzt, *Lachscreme ja* oder *Lachscreme nein.* Die wäre für Ruth. Sie hat mich gebeten darum.
Lachscreme nicht, Karl. Auch nicht für Ruth. Du weißt, dass Ruth Lachscreme nicht guttut. Und die Schuhbänder vergiss diesmal nicht.
Mit Ruth bist du nie warm geworden, ich weiß nicht, warum.
Keine Lachscreme, Karl. Auch nicht für Ruth. Die Sardellen für Martin sind schon riskant genug. Sie haben uns im Verdacht, kannst du dir das denn nicht denken?

Brokkolirahmsuppe, Champignonschnitzel mit Reis und Gemüse, Salat.

Ich weiß es nicht. Schon wieder weiß ich es nicht. Fogosch, Karl. Nicht Fugo. Es war ein Zander. Und

es war eine Gräte und keine Vergiftung, ich gebe es zu.
Nein, deinen Fogosch meine ich nicht. Ich meine, du weißt, was ich meine, sagst du es mir?
Wenn du den Fogosch nicht meinst, wenn du den Ort meinst, den Ort kann ich dir sagen.
Nur einen Hinweis, mehr brauche ich nicht.
Kartitsch, Karl, Kartitsch heißt der Ort.
Kartitsch meine ich nicht.
Aber ich weiß, dass du Kartitsch meinst. Immer meinst du Kartitsch.
Kartitsch kann ich nicht meinen, verstehst du nicht, an Kartitsch erinnere ich mich, Kartitsch kann es nicht sein.

Jägersuppe, Scheiterhaufen mit Vanillesauce, Salat.

Also wie denn jetzt, Gerda? Aber nur eine Andeutung, ich muss von selbst darauf kommen.
Cattolica, Karl. Der Ort, an dem Hans-Peter die Kolik gehabt hat, heißt Cattolica.
Das weiß ich. Cattolica meine ich nicht.
Du meinst Cattolica, Karl. Immer meinst du Cattolica.
Cattolica habe ich noch nie vergessen, noch kein einziges Mal.
Wenn es nicht Cattolica ist, dann ist es, soll ich dir sagen, was es ist, wenn es nicht Cattolica ist? Ich sage es dir, Karl.

Cattolica ist es nicht. Aber von Cattolica ist es nicht weit entfernt, vom Namen her, akustisch, verstehst du.
Ich sage es dir, Karl.
Ich schaffe es allein. Es ist schon nicht wenig, dass ich weiß, dass es Cattolica nicht ist. Man wird genügsam. Aber so ähnlich klingt der Ort schon. Ganz falsch liegst du ja nicht. Du weißt es womöglich auch nicht, das wird es sein.

Spargelcremesuppe, Hirschragout mit Speckbohnen, Serviettenknödel, Salat.

Auch wenn du nicht Kartitsch meinst, ist es Kartitsch, was du meinst, jedes Mal, und immer wehrst du dich mit Händen und Füßen dagegen, warum, weiß ich nicht. Aber am Ende ist es immer Kartitsch, glaub mir, darauf läuft es hinaus.
Ich glaube dir, dass es darauf hinausläuft. Am Ende ist es immer Kartitsch. Und es riecht nach Krautsuppe.
Was spricht gegen eine Krautsuppe in Kartitsch, Karl, und gegen eine Reise dorthin? So lange waren wir nicht mehr dort. Ich wüsste nicht, was dagegen einzuwenden wäre. Außer, dass du Krautsuppe nicht magst.
Und außer, dass es nicht Kartitsch ist, was ich meine.

Milch, Butter, Sardellen, etwas Käse, und Salz. Und Müllsäcke. Die Müllsäcke vergiss bitte nicht.
Die Müllsäcke vergesse ich nicht, nein.

Fogus oder Fugo oder eben Fogosch, Hecht oder Zander oder nicht Zander, ob es eine Vergiftung war oder keine Vergiftung, das verwechseln wir. Aber Kartitsch verwechseln wir nicht. Das heißt, ich verwechsle es nicht. Und du verwechselst es auch nicht. Dir entfällt es, danach sieht es immerhin aus. Und gerade Kartitsch sollte dir nicht entfallen. Du weißt, was in Kartitsch war, das weißt du doch noch?
Ja, Gerda, ich weiß, was in Kartitsch war, ich weiß es.
Und doch ist es gerade Kartitsch, das du immer vergisst. Du wirst deine Gründe haben. Einen Grund wird es geben. Einen Grund, den ich nicht kenne, ich hoffe, ich kenne ihn nicht.

Bananen. Bananen? Bananen. Makrelen, Gabelroller, Sardellen. Sardellen nicht, nein. Dafür ist es zu früh. Aber Kapern. Und Lachscreme. Kapern und Lachscreme für Martin und Ruth.

Martin soll sich von den Sardellen erholt haben. Aber er bleibt noch stationär. Zur Beobachtung, sagen sie. Die Kapern, die du ihm mitbringen wolltest, bringst du ihm heute besser nicht mit.

Die Kapern sollten eine Erinnerung sein, an Parma, weißt du, an diese Pizza, von der er immer noch schwärmt.
Und an Parma überhaupt, ja. Ich bleibe dabei, Karl, es war eine gute Zeit. Vielleicht unsere beste Zeit überhaupt. Nicht, dass es danach schlechter geworden wäre. Aber anders wurde es doch. Ohne die Reisen. In Parma waren wir nicht mehr. Auch nach Antares sind wir nicht mehr gekommen. Obwohl wir es uns so gewünscht haben und es uns vorgenommen haben, für später.
Gewünscht und vorgenommen haben wir uns immer genug. Für unsere Wünsche und Vorhaben hätten wir sieben Leben gebraucht.
Und das siebente Leben hält noch die eine oder andere Reise bereit, wenn wir uns darauf einlassen, Karl. Du weißt, wie sehr ich noch einmal nach Parma wollte. Und nach Cattolica. Martins Pizza in Parma. Und in Cattolica Hans-Peters erste Lasagne. Er war zum ersten Mal mit dabei, und es war seine erste Lasagne.
Die beinahe seine letzte Lasagne gewesen wäre. Weil er doch am Tag darauf die Kolik gehabt hat. Wegen der Muscheln.
Wegen der Muscheln war das? Hans-Peter isst keine Muscheln, das stimmt.
Hans-Peter isst überhaupt nicht mehr, Gerda. Zwanzig Jahre ist das jetzt her. Danach hat er sich nur noch von Lasagne ernährt.

Es war seine erste Lasagne, und hoffentlich ist es auch seine erste und letzte Kolik gewesen.
Seine erste Kolik mag es ja gewesen sein, aber die letzte war es hoffentlich nicht. Hans-Peter war doch ein Kolikmensch. Er war auf Koliken hin angelegt. Sollte er in seinem Leben nur diese eine Muschelkolik gehabt haben, wenn das stimmt, ein auf Koliken hin angelegtes Leben und eine einzige Kolik, gelebt ist das doch nicht. Wenigstens eine Lasagne-Kolik wäre ihm noch zu wünschen gewesen. Die hätte er sich durch sein Lasagne-Essen redlich verdient.
Und wie viele Koliken hättest du gehabt, auf die hin du angelegt gewesen wärst und von denen ich bisher nichts wüsste?
Zumindest keine wegen Muscheln, die mir nicht nur geschmeckt, sondern immer auch gutgetan haben.
Und Hans-Peter hatte keine Koliken mehr wegen Muscheln, die ihm nicht geschmeckt haben. Zu bedauern ist er da nicht.
Geschmeckt haben ihm die Muscheln ja. Nur bekommen sind sie ihm nicht. Sie haben ihm nicht gutgetan. Aber geschmeckt haben sie ihm, das weiß ich. Wie oft er darüber geklagt hat, dass ihm nach Muscheln wäre.
Weil er sterben wollte, war es das? Nach einer Kolik wird ihm kaum gewesen sein.
Aber nach Sterben könnte ihm gewesen sein, meinst

du? Eher wird ihm eines Tages nicht mehr nach Lasagne gewesen sein. Seit Cattolica war Hans-Peter auf Muscheln aus wie auf nichts anderes sonst. Aber er ließ sich eben nicht mehr darauf ein.
Wann hat er dir davon erzählt? Als er noch mit dir einkaufen ging? Sag nicht, ihr habt Muscheln gekauft, Karl.
Und ob wir Muscheln gekauft haben. Jeden Tag haben wir Muscheln gekauft. Das heißt, er hat Muscheln gekauft. Auf dem Heimweg hat er sie dann verschenkt. Um seine Lasagne zu essen. Bis zum Ende.
Wie wir doch immer wieder Glück gehabt haben. Uns haben die Muscheln geschmeckt, und er wäre beinahe gestorben daran. So vielen geht es schlechter als uns. Wir wollen nicht undankbar sein.
Glück gehabt hat er doch auch. Und vielleicht mehr als wir. Bei ihm ging es immerhin um Leben und Tod. Bei uns ging es nur darum, ob es uns geschmeckt hat oder nicht. Wir haben Glück gehabt, du hast recht. Allein, dass ich mir bei all den Krautsuppen, die ich in meinem Leben und weiß Gott nicht immer nur gegen meinen Willen gegessen habe, nie eine Kolik geholt habe, wird mir immer ein Rätsel bleiben, bei all den Krautsuppen, die man mir vorgesetzt hat und die auch du mir aufgetischt hast.
So groß ist das Rätsel nicht, Karl. Die meisten davon hast du unangerührt stehen lassen.

Davon spreche ich nicht. Was hat man nicht alles in seinem Leben gegen seinen Willen in sich hineingegessen. Und wie vieles davon ist man nicht wieder losgeworden, davon spreche ich, Gerda.

Weil du ja immer alles nur für die anderen getan hast und tust. Nur abgenommen hast du nie für die anderen. Karl. Der Rindsbraten, mein Rindsbraten, wie du immer gesagt hast, sollte dir der nicht geschmeckt haben? Und die Erbsen, die Gurken, die du dir immer selbst aus dem Garten geholt hast? Gegessen hast du sie vielleicht für die anderen, aber geschmeckt hat es dir doch hoffentlich selbst. Die Gulaschsuppe in Berlin, in dem ausgehöhlten Brotlaib, am Weißensee, mit dem Deckel darauf, hat dir auch nicht geschmeckt? Damals ging es uns gut. Wir wussten es nicht. Aber es war eine gute Zeit.

Aber eben immer alles ohne Salz, Gerda. Und nicht nur wegen des Blutdrucks hat nicht nur das Salz in der Suppe gefehlt.

Du hättest es dir nehmen können. Du hättest deine Suppen salzen können und nicht nur die Suppen.

Das hätte ich tun können. Obwohl, Gerda, du warst immer dagegen, das weißt du.

Und die Briefchen Salz in deinen Hemdtaschen, waren die immer nur für die Muscheln von Hans-Peter gedacht, die der dann doch nicht gegessen hat?

Nachgesalzen habe ich nicht. Aber ich hätte es tun sollen. Was heißt, ich hätte nachsalzen sollen, ich hätte überhaupt salzen sollen.
Es ist ja gut, Karl, hörst du, es ist gut.
Ich werde nachsalzen, Gerda. Von nun an salze ich nach.

Herr Janda, sind Sie sicher, dass Ihre Frau Lachscreme gemeint hat? Hat sie nicht eine Lachsallergie?

Du weißt, woran Franz gestorben ist, Karl. Das Salz hat ihn umgebracht.
Nicht das Salz hat ihn umgebracht, Franz ist am Fett umgekommen.
Am Fett und am Salz, Karl.
Für alles, was Fett war, hat er gelebt. Daran ist er dann auch gestorben.
Für etwas Fettes hätte Franz viel getan, das ist wahr.
Für etwas Fettes hat Franz alles getan, Gerda.
Du musst ihn nicht schlechtmachen. Wo er sich nicht mehr wehren kann.
Was heißt schlechtmachen, ich sage nur, dass ich weiß, was Franz alles für die Aussicht auf etwas Fettes nicht nur getan hätte, sondern eben getan hat. Und, Gerda, du hast ihn über Jahre hindurch heimlich verköstigt. Denkst du, das wüsste ich nicht? Es kann sein, dass ich gelegentlich etwas

nachgesalzen habe. Aber du hast Franz über Jahre mit Fett ausgeholfen, regelrecht mit Fett versorgt hast du ihn. Und daran ist er dann auch gestorben. Am Fett. Nicht am Salz.

Lauchsuppe, weißer Spargel mit Petersilienkartoffeln und Sauce hollandaise.

Kartitsch.
Was Kartitsch? Warum sagst du Kartitsch. Warum sagst du immer Kartitsch?
Ich sage Kartitsch, weil du an Kartitsch denkst. Jetzt. Es ist dir anzusehen, wenn du an Kartitsch denkst. Denk nicht, es wäre dir nicht anzusehen. Und, Karl, ich habe keine Lachsallergie. Ich habe vielleicht eine Ruth-Allergie, aber eine Lachsallergie habe ich nicht.

Spinat, Spiegelei mit Püree und Salat. Worauf werden wir denn morgen zu warten haben? Womit wird man die Raubtiere morgen zu füttern versuchen, was denkst du?
Weißt du das nicht? Es wiederholt sich doch alle acht Wochen. Die Jahreszeiten, die Mahlzeiten, alles wiederholt sich.
Und wenn sie nicht kommen, wenn sie eine Jahreszeit ausfallen lassen?
Dann essen wir uns. Den nötigen Hunger hätten wir ja. Oder wir essen, was wir immer gegessen

haben, obwohl wir nichts damit anfangen konnten, wie du sagst.
Erbsen, ja. Gemocht hätte ich sie ja. Nur vertragen habe ich sie nicht. Wie nichts sonst eigentlich, nur Rote Rüben vertrage ich noch schlechter als Erbsen.
Rote Rüben hast du immer gegessen.
Weil du sie gemacht hast. Du hast sie für mich gemacht.
Für uns, Karl. Ich habe sie für uns gemacht. Und wir haben sie gegessen.
Du hast sie gemacht, Gerda, wir haben sie gegessen, uns beiden haben sie geschmeckt, und ich habe sie nicht vertragen. Für eine Kolik hat auch das nicht gereicht.

Mallnitz.
Mallnitz? Wie kommst du auf Mallnitz?
Ich weiß nicht. Mallnitz könntest du meinen, vielleicht ist es das.
Was sollte ich mit Mallnitz meinen, was war in Mallnitz, sagst du mir das?
Und du sagst mir, was du außer Erbsen und Roten Rüben noch nicht gemocht und trotzdem gegessen hättest, weil ich es gemacht und dir vorgesetzt hätte.
Eier.
Eier?
Eier, ja. Eier. Was war in Mallnitz?

Russische Eier. Wegen der Galle. Daran habe ich nicht gedacht, an die Galle, meine ich, habe ich dabei nie gedacht. Weil sie dir doch immer so gut geschmeckt haben, so schnell, wie sie weg waren jedes Mal.

Nicht nur Russische Eier, Gerda, Eier überhaupt. Was in Mallnitz war, will ich wissen.

Und das Ei, das du gerade vor dir hast?

Das esse ich für dich.

Es ist das letzte Ei, das du für mich isst. Weil es das letzte Ei ist, das ich für dich gemacht habe. Mallnitz ist es nicht, was du meinst, das weiß ich jetzt. Erbsen also, Rote Rüben, Eier. Und weiter. Was noch, von dem ich nichts wüsste? Sagst du es mir?

Gurken.

Die Gurken, die du über all die Jahre ausgesät und gezogen hast und die du geschnitten hast, wenn wir sie eingelegt haben. Denk nicht, dass ich dir glaube.

Die Gurken, Gerda. Die Erbsen. Und die Bohnen, mein Gott, die Bohnen.

Karl, ein Wort von dir, und alles wäre anders gekommen.

Und Salat und Salat und Salat und Salat. Vom Gemüse lass uns erst gar nicht reden. Und doch. Was täte ich ohne den Garten. Morgen hole ich Himbeeren von dort. Ich möchte sie riechen. Freilich ohne sie essen zu müssen. Nur riechen, nicht essen, verstehst du. Dann bringen wir sie ihnen ins Heim.

Soll ich es dir sagen? Ich sage es dir, Karl.
Es ist noch zu früh. Ich muss von allein darauf kommen. Ich spüre, ich bin kurz davor. Sag es mir nicht.
Ich sage es nicht, nein.

Frau Pinter, Herr Grüner, Herr Linder, Frau Kern. Tante Ria, Onkel Gustav, Herr Hartmann, Hans-Peter, Karl-Heinz und Gudrun, Elvira, Martin und Paul. Und Albin.
Nein, nicht Albin, Karl. Der neben Martin ist Paul. Und der neben Paul ist Karl-Heinz.
Nicht Albin? Karl-Heinz?
Paul, Karl. Martin, Paul und Karl-Heinz. Die Toskanareise, Cattolica, die Lasagne, du erinnerst dich doch. Albin war da nicht mit dabei.
Aber Hans? Und Ernst? Karl-Heinz weiß ich, aber Hans und Ernst auch nicht?
Nein, Hans und Ernst auch nicht. Aber Paul und Karl-Heinz, siehst du nicht?
Und wenn ich Karl-Heinz frage? Ich frage Karl-Heinz.
Karl-Heinz wird sich erkennen, den musst du nicht fragen.
Wegen Albin meine ich. Dann frage ich Hans.
Hans fragt niemand mehr was. Aber Ernst kannst du fragen. Albin ist das nicht, wird er sagen, neben Martin und Paul.

Geflügelcremesuppe, Selchfleisch mit Kartoffelsauce, Salat.

Der Mann neben Frau Wolf, ist das Onkel Gustav, oder wer ist das hier mit Frau Wolf?
Ich weiß es nicht, Karl. Immer fragst du mich das. Ich weiß nur, die beiden hatten was miteinander, das weiß ich. Sonst weiß ich nichts.
Aber das weißt du von jedem. Also, was ist jetzt mit Gustav und Frau Wolf?
Was du immer wissen willst. Und dann kannst du nicht leben mit dem, was du zu hören bekommst. Dass du den Leuten auch immer ausweichen musst. Im Nachhinein willst du dann alles wissen über die Leute, die dich nicht interessieren.
Wer sagt, dass sie mich nicht interessieren? Ich möchte ihnen nur nicht zu nahe kommen, das ist alles.
Die Leute willst du dir vom Leib halten, aber mit den Gerüchten über diese Leute willst du zu tun haben. Du versteckst dich vor ihnen und willst alles über sie wissen.
Nicht alles, Gerda. Und nicht über alle. Aber *im Nachhinein* sind mir die meisten doch lieber. *Im Nachhinein*, wenn es zu spät ist, ist es dann nicht immer am schönsten?

Eiermuschelsuppe, Putenbrustscheiben mit Thunfischsauce, Röstbrot, Salat.

Ich sage ja, man muss von selbst darauf kommen. Der Mann neben Frau Wolf ist Herr Kuda. Jetzt erkenne ich ihn.
Wie lange wir nicht mehr im Friaul waren, Karl. Auch nach Antares sind wir nicht mehr gekommen.
Immerhin waren wir in dieser Zeit nicht ohne Wein.
Ohne den Wein hätte ich gut leben können, aber die *Reisen* haben mir gefehlt. Und das Essen dort fehlt mir. Und Gert und Karl-Heinz und Martin und Ria und Gudrun und Ruth fehlen mir.
Aber die besuchen wir doch jeden Tag, wie können sie dir da fehlen?
Wir besuchen sie, das ist wahr. Aber es ist nicht mehr, was es war. Mit ihnen auf Reisen zu gehen oder sie zu besuchen ist nicht dasselbe. Unsere Weinreisen fehlen mir, Karl.
Und die Ölreisen, ja. Was aus Herrn Kuda geworden sein mag? Ob der immer noch Öl pressen lässt? Ob es den noch gibt überhaupt, frage ich mich.
Herr Kuda, sagst du? Das wüsste ich jetzt nicht.
Der ewige Philosophiestudent, der in Umbrien diesen Olivenhain gemietet hat und der dann plötzlich Professor geworden ist, an den wirst du dich doch erinnern. Immerhin hat er einen seiner vielen alten Bäume nach dir benannt. Nur nach dir, nach keinem anderen sonst. Was aus dem geworden sein mag?

Herr Kuda, sagst du?
Ja, der in Zürich unterrichtet hat, lange danach. Dort haben wir ihn auch besucht. Gerda, in Zürich haben wir ihn besucht.
Kann ja sein, ja, dass du recht hast, meine ich. Aber ist das so wichtig jetzt?
Den Olivenhain hatte er damals schon nicht mehr.
Den hatte er damals schon nicht mehr? Wenn du dich da nur nicht irrst.
Den Olivenhain hatte er damals sicher nicht mehr. Beim Einkaufen, im Laden, denke ich jedes Mal, bei den Oliven denke ich an ihn und daran, was wohl aus seinem Olivenhain geworden sein mag. Und aus ihm.
Was du alles zu denken hast. Kein Wunder, dass du immer mit den seltsamsten Dingen nach Hause kommst.
Daran denke ich, ja. Unsere Reisen mache ich jetzt zwischen den Regalen im Laden. Dort gehe ich sie noch einmal durch. Und daher bin ich mir auch so sicher, dass Herr Kuda damals in Zürich schon keine Olivenbäume mehr gehabt haben kann. Dass du dich daran nicht erinnern magst. Wo er uns doch die Paella gemacht hat, von der Gudrun so angetan war, dass der arme Herr Kuda alle Mühe hatte, sie wieder loszuwerden.
Gudrun, ja, das kann sein, ich erinnere mich. Sie wollte nicht mehr mit uns zurück. Erst wollte sie nicht mit nach Zürich, und dann wollte sie nicht

mehr zurück. Jedenfalls nicht ohne Herrn Kuda. Ich erinnere mich. Auch an seine Paella erinnere ich mich. Er hat einen Baum nach mir benannt, sagst du?
Wie auch immer, Gerda, wir waren dort. Und die von Herrn Kuda gepachteten Olivenbäume standen schon nicht mehr. Sonst hätten wir davon geredet. Den Hain hatte er ja nur gepachtet, weil er den Bauern vom Schlägern der Bäume abhalten wollte. Um das Öl ging es ihm gar nicht, nicht am Anfang zumindest. Ich denke ja fast, er selbst hatte eine Abneigung gegen Öl. Gegen Olivenöl. Für sich selbst gedacht, meine ich.
Umbrien war eine gute Zeit, Karl. Unsere Reisen. Jetzt reist nur noch du. Und du auch nur im Laden zwischen den Regalen. Vom Fenster aus sehe ich dir zu, wie du dich auf die Reise machst. Um täglich das Falsche mitzubringen. Und das Richtige auch.

Lauchsuppe, Topfenpalatschinken mit Vanillesauce, Kompott.

Milch, ein Viertel Butter, etwas Käse, Sardellen und Salz. Und Schuhbänder. Schuhbänder auch. Brot, ein Viertel Butter. Milch, Sardellen, Käse und Salz. Brot, Sardellen, Essig? Essig nicht, nein. Aber Milch. Milch, Butter, ein Viertel Butter, Sardellen und Gurken, und Gurken? Gurken nicht, nein.

Aber Käse. Käse, Sardellen und Salz. Milch, ein Viertel Butter, ein Viertel Butter, Sardellen und Milch. Milch weiß ich jetzt nicht. Milch, ein Viertel Butter, Sardellen und Milch, ein Viertel Butter, ein Viertel Butter, Sardellen. Und Salz, ja. Salz, ein Viertel Butter, ein Viertel Butter, und Gurken nicht, nein. Und Öl. Und Öl auch nicht. Ein Viertel Butter. Erbsen nicht. Milch nicht. Aber Käse. Und Salz. Was habe ich, Käse habe ich. Aber Käse weiß ich jetzt nicht. Oder doch. Herta und Frank lassen sich verbrennen. Öl nicht, Käse lieber doch nicht. Gurken auch nicht. Seife? Seife sicher nicht, nein. Sardellen. Und Salz. Milch, ein Viertel Butter, Sardellen und Salz. Gerda? Vor dem Regal stehe ich, ja. Kren auch? Kren nicht, gut. Was ich habe? Was habe ich, Kren habe ich. Kren nicht? Bist du sicher? Gut. Aber Butter doch? Gut. Butter habe ich, ja. Was habe ich noch. Milch habe ich, Butter. Milch habe ich. Gut. Und Öl habe ich. Kein Öl? Bist du sicher? Meinen Zettel? Meinen Zettel habe ich nicht, nein. Kein Öl, ja. Keinen Kren, ja, ich habe verstanden. Gurken hätte ich noch. Gurken auch nicht. Und Sardellen. Bist du sicher? Keine Sardellen? Wie du meinst. Sardellenpastete? Auch nicht. Brot muss ich noch, ja. Was habe ich, was ich noch habe? Gurken, nein, Gurken habe ich nicht. Sardellen habe ich, habe ich nicht. Obwohl, die wären im Angebot. Kein Öl, ja. Ich habe dich verstanden, Gerda. Kein Öl. Obwohl. Morgen schickst du mich wieder nach Öl. Jetzt würde ich davor stehen, verstehst du, ich hätte es schon in der Hand. Kein Öl. Gut. Von den Regalen herunter möchte ich jetzt ins Meer springen. Machst du mit?

Backerbsensuppe, Burgunderschinken mit Kartoffelsauce, Salat.

Du hast es noch immer gefunden. Und das Salz wächst ja nach, wie das Gras, das ist das Gute am Salz. Dann steht es dort im Regal und du nimmst es mit.
Wenn ich es nicht wieder vergesse.
Morgen vergisst du es nicht.
Aber es könnte sein, Gerda. Es ist nicht wahrscheinlich, aber es *könnte* sein.
Es ist ja gut. Ein Viertel Butter, Sardellen, etwas Käse und Salz. Milch, ein Viertel Butter, Sardellen und Salz, hörst du mich, Karl, es ist gut.
Und du meinst, morgen steht es dort im Regal?
Morgen steht es dort im Regal. Davon gehe ich aus. Milch, ein Viertel Butter, etwas Käse, Sardellen und Salz.
Was ist, wenn es *nicht* dort steht. Weil es vergriffen und noch nicht nachbestellt ist. Oder wenn es zwar nachbestellt, aber noch nicht geliefert ist? Oder wenn es dort steht und ich es aber nicht sehe, wenn ich es übersehe, was ist dann?
Meinst du, ich würde dich gehen lassen, wenn

es keinen Sinn hätte? Morgen findest du es, und wenn nicht, dann holst du es übermorgen. Vergiss das Brot nicht. Milch, ein Viertel Butter, Sardellen, vielleicht etwas Käse. Und Salz.
Und Butter, ja. Ich sehe mich noch vor dem Salz stehen, verstehst du, ich stehe vor dem Salz und denke, die Butter fehlt noch, ich muss noch zur Butter. Dabei hatte ich das Salz schon fast in der Hand, oder ich *hatte* es schon in der Hand, ich stehe vor dem Salz und denke, die Butter, ich werde die Butter vergessen, und auf dem Weg hin zur Butter muss ich es irgendwo abgestellt haben. Anders kann es nicht sein, du hast recht. Morgen fange ich mit dem Salz an. Der Weg zur Butter ist ja von dort aus nicht weit. Und wenn mir nicht wieder Frau Mentil begegnet, um mich nach dir auszufragen, müsste es zu schaffen sein.
Es ist gut, Karl, etwas Salz ist noch im Haus, du weißt ja, meine eiserne Reserve, die ich immer versteckt halte.
Was wären wir ohne deine Verstecke. Ohne deine Reserven hätten wir nicht überlebt.
Für das Frühstück ist Salz im Haus, Karl. Versuch jetzt zu schlafen.
Die Butter muss ich morgen auch finden.
Die Butter findest du auch. Morgen holst du dann alles, die Milch und die Butter. Und die Sardellen, den Käse. Das Salz. Und Tomatenmark.
Das Tomatenmark habe ich auch nicht gebracht, ja.

Vom Salz aus finde ich die Butter bestimmt. Und die Sardellen.
Und die Sardellen auch, ja. Martin wird sich freuen, wo es ihm wieder besser geht jetzt. Morgen bringst du sie ihm. Und jetzt mach die Augen zu.
Ja.
Was machst du?
Ich mache die Augen zu.
Ja. Siebenundzwanzig mal drei, Karl. Wie viel macht das, siebenundzwanzig mal drei?
Siebenundzwanzig mal drei? Das macht, warum fragst du mich das, siebenundzwanzig mal siebenundzwanzig mal drei, sagst du, das macht, siebenundzwanzig mal drei, lass sehen, drei mal sieben ist einundzwanzig, bleibt zwei, einundzwanzig, bleibt zwei, siebenundzwanzig, sagst du?
Siebenundzwanzig mal drei sage ich, ja. Wie viel macht das?
Siebenundzwanzig mal drei, ja, nein, lass mich, drei mal sieben ist einundzwanzig, bleibt zwei, und drei mal zwei ist sechs, ist sechs, und zwei macht acht, drei mal sieben ist einundzwanzig, bleibt zwei, und drei mal zwei ist sechs, und zwei ist acht. Einundachtzig. Was sagst du, es geht doch noch. Aber wie kommst du darauf? Mit siebenundzwanzig habe ich dich kennengelernt. Meinst du das? Ist es so? Wo du doch bald Geburtstag hast.
In unserem Alter sollten wir uns besser aufs Dividieren verlegen.

Oder eine Reise machen.
Und von den Regalen herunter ins Meer springen, ja.
Nicht von den Regalen herunter. Dort, wo das Meer ist, werden wir ins Meer springen.

Knoblauchsuppe, gebackene Hühnerbrust mit Kartoffelsalat und Preiselbeeren. Sie sind da, Karl. Und sie sind pünktlich.
Was geht das uns an? Wir machen nicht auf. Ich denke, es wird Zeit, eine Reise zu machen, das meinst du doch auch.
Cattolica?
Cattolica auch, ja. Für eine Cattolica-Kolik würde ich einiges geben, das weißt du.
Aber auf Rädern kommt die nicht daher. Wir müssten uns schon selbst auf den Weg machen.
Dazu sage ich nur, siebenundzwanzig mal drei mal siebenundzwanzig mal drei, Gerda, hauen wir ab, sage ich, und am besten jetzt gleich. Wir essen uns nach Cattolica durch zu den Muscheln und zur Kapernpizza nach Parma und zur Paella nach Zürich, und wenn es sein muss auch nach, egal, oder sonst wohin.
Das machen wir, Karl. Wir machen die große Runde über Cattolica und Parma nach Zürich. Und von dort aus essen wir uns Richtung Kartitsch.

BESORGUNGEN FÜR DEN TAG

DIE VÖGEL SIND HEUER FRÜHER GEKOMMEN. Wie sie sich um jeden Wurm streiten, siehst du. Danach gehen wir zum Wasser hinunter. Dort sind die Libellen am Schlüpfen. Die Fische im Teich haben überlebt. Auf der Wiese dort habe ich die ersten Schritte gemacht. Von hier aus hast du mir dabei zugesehen. So habt ihr es immer erzählt. Deine Fotos, gibt es die noch? Jetzt übt sich Max hier im aufrechten Gang. Möchtest du die Augen nicht aufmachen? Gut tut der Wind auf der Haut. Gibst du mir deine Hand? Dir ist doch nicht kalt jetzt hier in der Sonne. Frau Gärtner scheint heute nicht zu kommen. Sonst ist sie um diese Zeit immer hier. Gestern hat sie nach dir gefragt. Frau Gärtner wäre nicht uninteressiert. Du müsstest nur wollen. Wie du meinst. *Mehl kaufen.* Du möchtest backen? Auf dem Heimweg kaufen wir Mehl. Aber vorher schauen wir bei den Rosen vorbei. Und am Teich. Und bei Mutter. Die Narzissen hat sie selbst gesetzt. Möchtest du sie ihr bringen? Dann tun wir das. *Brot kaufen* auch? Wie viele Zettel hast du denn noch? Gut. Brot kaufen auch. Aber Brot ist sicher im Haus.

Blatt. Blatt. Blattblattblattblattblatt
Was ist denn, du musst dich doch nicht so erschrecken.
Blattblattblattblatt
Es ist nichts, hörst du, es ist alles in Ordnung, es ist gut.
Blattblattblattblatt
Die Amsel, ja, was ist mit der Amsel. Bleib sitzen. Du wirst noch stürzen. Jetzt hast du Max aufgeweckt. Ich soll die Katze verscheuchen, ist es das? Max, siehst du die Katze? Verscheuch die Katze, Max.
Auf. Auf. Auf
Werfen kann er schon. Mit dem Treffen ist es noch nichts. Die Amsel wird wiederkommen. Die Katze allerdings auch. Wir müssen öfter hier sitzen und die Amsel beschützen. Max, was hältst du davon, willst du das auch?
Auf. Auf, auf.
Dann machen wir das. Heute fangen wir damit an. Gerda kommt noch vorbei. Sie arbeitet jetzt wieder, weißt du. Max will dir einen Stein schenken. Wenn du die Hand aufmachst, gibt er ihn dir. Max freut sich auf dich. Ihr werdet euch verstehen. Er spricht immer von dir.
Auf. Auf
Lauf, Max, lauf. Nimm den Verlauf in Kauf.
Auf. Auf, auf.
Verkauf den Lauf, verkauf den Knauf, nimm den Verlauf in Kauf und lauf und lauf und lauf.

Aufaufaufaufauf. Auf
Hörst du, Max will auch wissen, was war. Ihr habt doch einen Draht zueinander. Sagst du es ihm? Max braucht dich jetzt. Er ist scheu. Aber dich lässt er an sich heran. Gerda und ich brauchen dich auch. Wir sind froh, dass jetzt alles wird, wie es wird. Und auf und aus und auf und aus, heut gehen wir nicht nach Haus.
Auf. Auf
Sie sagen, das Feuer wurde gelegt. Nein, nicht auf den Mund, Max, mit Hunden tut man das nicht.
Und. Auf
Der junge Hund, der spitzt den Mund und sagt, ich heiß Klabund.
Und. Auf. Und.
Ich heiß Klabund und küss den Max jetzt auf den Mund. Warum es wieder gebrannt hat. Sagst du es mir? Das sieht die Katz auf ihrem Platz und sagt, ich schick dem Max ein Fax. Man küsst nicht einen Hund, schon gar nicht auf den Mund, auch nicht den Hund Klabund. Schweigen kannst du. Vergiss nicht, deinetwegen sitzen wir hier. Aber hier sitzen bleiben können wir nicht.
Blatt
Blatt, sagst du, Blatt. Ich fürchte nur, Blatt zu sagen reicht diesmal nicht. Nach dem zweiten Mal hast du mit dem Rauchen aufgehört. Man kann nicht sagen, du hättest dich nicht bemüht.
Und. Und

Von Mund zu Hund ist ungesund. Lass den Hund jetzt, Max. Sonst schreibt die Katz ein Fax. Diesmal war es der Herd. Die Leute im Haus sagen, es wird wieder passieren, es muss nicht immer gut ausgehen. Rot, Max, das rote Holz musst du nehmen. Das rote, siehst du.
Auf. Auf
Das rote Auf, ja. Nimm das Rot und komm ins Boot. Blatt, sagst du. Und was soll ich sagen, soll ich auch Blatt sagen, beim dritten Mal jetzt?
Auf. Auf. Au.
In der Au, da lebt auf einem Bau ein Pfau. Der Pfau ist blau und wünscht sich eine Frau.
Auf. Au. Au
Ein zweiter Pfau kommt in die Au, der Pfau ist grau und eine Frau, den sieht der blaue Pfau und sagt, im frühen Tau ich mag dein Grau.
Auf. Au. Au
Ich bin ein Pfau, du bist ein Pfau, und ich bin blau und du bist grau, wir werden Mann und Frau. Da sagt Frau Pfau, ich mag kein Blau, ich mag nur Grau, ich werd nicht deine Frau. Ein Pfau war blau, ein Pfau war grau, so war das in der Au. Gerda wollte uns dann eigentlich abholen. Sie hat viel zu tun jetzt, weißt du. Sicher erwartet sie uns in der Wohnung. Wenn alles gut geht, sind deine Sachen inzwischen bei uns. Das heißt, was davon übrig ist. Wenn wir heimkommen, es wird aussehen, als wärst du bei dir, du wirst sehen. Als wärst du daheim. Und so

ist es ja auch. Ein Pfau war blau, ein Pfau war grau, es wurde nichts darau. Das meiste ist ja nicht mehr zu gebrauchen. Aber das entscheidest du. So war das in der Au. Du hast eine Art, einen anzusehen. Dazu ist kein Grund. Es ist für alles gesorgt. Die Sachen verschwinden ja nicht, sie werden nur zu uns gebracht. Wenn wir heimkommen, stehen sie bei uns. Wie sie bei dir gestanden haben. Alles wird sein, wie es war, du wirst sehen. Du wohnst im Zimmer von Max. Der braucht es noch nicht. Und wenn, danach sehen wir weiter. Ja, Max, die Amsel ist wieder im Nest, ich sehe sie. Du willst der Amsel das Brot geben? Dann fliegt sie davon. Wir gehen dann gleich zu den Enten. Frau Gärtner ist heute nicht da. Gestern hat sie nach dir gefragt, Vater. Max und ich sind jetzt öfter hier, weißt du. Wir füttern dann immer die Enten. Frau Gärtner hilft uns dabei.

Auf. Au. Auf.

Der Herd war es nicht. Aber wem sage ich das.

Auf. Gel

Ob gelb, ob grün, ob grau, ob blau, ich bleib allein auf meinem Bau. Was wird es das nächste Mal sein? Was wird brennen, sagst du es mir? Drum nehm ich lieber schnell das helle Fell vom Wilhelm Tell. Vater. Du hast Nachbarn. Es leben Kinder im Haus. Um die sorgen sie sich. Verstehst du, man traut es dir zu. Sie sagen, du wirst ihnen fehlen. Sie lassen dich grüßen, hörst du.

Und. Gel. Und.
Und was solltest du dort auch den ganzen Tag so allein. Max braucht jetzt viel Aufmerksamkeit. Und Auslauf auch. Das wäre doch eine Aufgabe. Du hättest zu tun. Überleg es dir. Alles hängt auch von dir ab. Morgen kommen wir wieder hierher. Frau Gärtner sitzt dann auch wieder hier. Du möchtest für dich allein sein können. Das kannst du auch im Zimmer von Max. So viel ändert sich nicht, du wirst sehen. Hier im Park gefällt es dir doch. Frau Gärtner fühlt sich auch wohl, seit sie hier ist. Sie blüht auf, sagte sie, erinnerst du dich. Ich habe das ja als Einladung an dich gesehen. Wie du meinst. Von der Wohnung aus sieht man bis hierher in den Park. Du wirst dich gewöhnen. Ein Spaziergang jeden Tag tut uns allen nur gut. Überleg es dir. Am Teich warten die Enten. Danach gehen wir zu den Rosen. Dann besuchen wir Mutter. Mehl kaufen müssen wir auch.

AUSZIEHEN JA, ANZIEHEN AUCH

BIN ICH DAS? Der Nächste, bin das ich?
Der Nächste sind Sie nicht, nein.
Nein? Nicht?
Nicht. Nein. Und wenn Sie noch so oft fragen.
Sie? Und Sie?
Und ich was?
Ob Sie dann der Nächste sind? Nicht?
Ich nicht und Sie nicht. Beide sind wir es nicht. Auch wenn Ihnen das vielleicht nicht gefällt.
Gut. Ich dachte eben. Nicht?
Was dachten Sie denn, sagen Sie ruhig, was Sie dachten, die Zeit dafür müssen wir haben.
Dass ich der Nächste bin, dachte ich. Oder Sie. Einer von uns beiden. Ich zuerst und dann Sie. Dachte ich.
Unter all den Leuten hier, sehen Sie sich um, wie Sie da die Stirn haben können und der Nächste sein wollen, ich verstehe Sie nicht.
Aber es hätte doch sein können. Dass Sie der Nächste gewesen wären, meine ich. Oder ich. Lange genug warten wir ja schon.
Viele Jahre könnte ich hier schon der Nächste sein.

Aber aufgerufen werde ich doch nicht. Immer sieht es danach aus, dass man der Nächste sein könnte, und dann besteht die Welt doch nur aus Warten. Und ganz eigentlich will man ja auch gar nicht der Nächste sein, der Übernächste ja, aber der Nächste, nein, nicht beim Arzt, und bei der Frau Doktor hier bin ich es ohnedies nie. Auch Sie werden sich noch an das Warten gewöhnen. Sie müssen nicht denken, dass ich immer so ruhig und gelassen hier gesessen habe, wie es jetzt sicher den Anschein hat.

Ordination Doktor Thaler, guten Tag. Am Montag, Herr Pinter, am Montag gehen wir auf Urlaub, Montag erst, ja. Vorher können Sie noch kommen, nur Medikamente, ja, ich verstehe, schauen Sie doch noch vorbei. Kathrin, soll ich inzwischen Frau Miller verbinden? Obwohl, das sollte man erst noch aufweichen lassen. Frau Miller, in zehn Minuten dann, ja?

Es kann einen freilich schon ärgern, dass so ein anderer meint, ein Neuer zumeist, man würde ihm zuvorkommen wollen oder sich sonst wie einen Vorteil zu verschaffen versuchen, ich gebe zu, gleichgültig lässt mich das nicht, weil es immer wieder passiert. Seltsamerweise sind es immer die Neuen, die das glauben oder versuchen, damit durchzukommen. Sie sind nicht der Nächste, Sie sind der Neue. Immer sind es die Neuen, die glauben, die Nächsten zu sein.

Bei mir wäre nur eine Wunde anzusehen bitte.
Zu nähen? Die Wunde, ist die zu nähen?
Nein, nur ansehen bitte die Wunde. Nicht nähen.

Herr Messner, Sie sind neu bei uns, Herr Messner?
Ich bin der Franz von Assisi, und ich habe einen Hasen.
Dann habe ich ein Überraschungsei für Sie, Herr Messner.
Was da wohl drin sein wird, bin ich aber gespannt.
Die vielen Eier sind des Hasen Tod.

Und Sie? Aus welchen Umständen heraus liefern denn Sie sich den Ärzten aus? Der eine schickt einen zum andern. Fragen Sie lieber, wer der nächste Arzt sein wird, zu dem man Sie schicken wird. Was verschlägt Sie hierher? Vielleicht gibt es ja noch Abhilfe, ehe sich diese Tür dort für Sie auftut, meine ich.

Herr Schröder, Sie brauchen Medikamente, Herr Schröder?
Medikamente brauche ich, ja. Und einen neuen Herrn Schröder bräuchte ich auch, wenn Sie einen im Angebot hätten, für meine Frau, wissen Sie.

Einmal in der Woche gehe ich ins *Central.* Dort treffe ich den Anwalt Kaindl, den Notar Strobl und den schon ziemlich vertrottelten Anwalt Steindl. Es ist mehr ein Ritual als ein Bedürfnis. Dann sitze ich dort und lese die Zeitung und trinke meinen Kaffee. Und einmal pro Woche besuche ich die Frau Doktor.

Was bedeutet der Lärm? Sag mir, was bedeutet der Lärm?
Gar nichts bedeutet der Lärm. Dass du noch immer gute Ohren hast, das bedeutet der Lärm. Es ist das Gras, das du hörst.
Warum sind wir dann hier? Wo ich doch so gut hören kann. Warum sind wir dann hier?

Dreimal die Woche gehe ich ins *Central*, mehr als Ritual als aus innerer Notwendigkeit. Dort treffe ich mich mit dem Anwalt Kaindl und mit dem Notar Strobl, und den Anwalt Steindl treffe ich dort, und wir tauschen uns aus. Es ist mein erster Gang jeden Tag, ich weiß nicht, warum, ist es Gewohnheit, etwas anderes ist es wohl nicht. Ich habe keine Ahnung, wie ich dorthin finde, und ich weiß nicht, wie ich wieder nach Hause komme, aber das schaffe ich noch jeden Tag.

Frau Marcher, wächst es denn zu? Wir sehen dann gleich danach.

Und sehen tun Sie noch gut? Frau König, sehen Sie noch gut genug?
Wie bitte?
Mit dem Sehen geht es doch noch?
Wie bitte? Meinen Mann hätte das furchtbar gekränkt, ja. Wenn er das noch mitbekommen hätte.
Frau König, ob Sie wohl lesen können, was da steht, sehen Sie das? Lesen Sie es mir vor?
Wie bitte? Mir geht es gut, ja. Nur schwimmen lassen sie mich nicht mehr. Ich sage immer, man weiß nicht, wofür alles gut ist. Aber meinen Mann hätte das nicht mehr gefreut.

Ordination Doktor Thaler, guten Tag. Bist du von der Ute die Josefine? Ja, dann komm doch vorbei, Fini. Wir sind hier von acht bis zwölf und dann wieder von fünf bis halb sieben.

Am Nachmittag kommt dann das Wasser, und ich bin überschwemmt. Ich bin eine einzige Regenzeit. Es beginnt in den Knöcheln. Von dort steigt es und steigt. Dämme gibt es da nicht. Nur die Frau Doktor, die leitet es ab. Dabei geht es mir gut. Gesund wäre ich ja.

So, Frau Natter. Was spielen Sie? Boccia spielen Sie mit den Enkeln?
Ich hasse Suppen. Und jeden Tag gibt es Suppe

dort, wo ich jetzt bin. Den Löffel in die Vanillesauce hineinstecken, das mag ich gern.
Keinen fetten Käse mehr, Frau Natter, versprechen Sie mir?
Mit etwas Vanille mag ich die Suppen ja. Zum Frühstück, so mag ich es gern.
Wann kommen denn die Enkel wieder, Frau Natter?
Die Enkel kommen morgen wieder.

Ich gehe in der Früh, sehr früh gehe ich ins *Central* und treffe dort niemanden, der mir nahesteht. Eigentlich eine Gewohnheit wie sonst irgendwas, es tut mir leid, obwohl ich glaube, im Moment weiß ich jetzt gar nicht, ob es stimmt, was ich sage, aber ich lebe auf, wenn ich durch den Wald gehe und einen Baum ansehe. Aber in der Stadt gibt es ja kaum einen Baum. Also gehe ich ins *Central* und bilde mir ein, ich sitze als ein Baum neben anderen Bäumen. Aber nicht, weil mir diese Bäume etwas bedeuten würden, verstehen Sie mich recht. Ich schaue in die Zeitung hinein. Und ich sehe niemanden gerne.

Sag, muss man sich schämen, muss man sich eigentlich schämen?
Ach was, schämen, vor wem denn? Es ist doch nicht schlecht, wie es ist. Auch wir sind noch für etwas gut, zumindest für die Ärzte. Immerhin haben

wir die Krankheiten, von denen sie leben. Wofür sich also genieren. Man muss sich nicht schämen, Kurt.

Um fünf kommt das Wasser. Um sechs bin ich hier. Die Frau Doktor spült mich dann durch, das heißt, sie legt einen Kanal. Sie entwässert mich, und der Pegel sinkt wieder ab. Bis zur nächsten Flut, sagt sie immer. Und immer Bandagen. Bandagen, Bandagen.

Frau Mentil, haben Sie in letzter Zeit wieder Krautköpfe gegessen?
Salat esse ich viel, ja. Mein Mann ist schon zwei Jahre im Heim, wissen Sie.
Nicht so viele Krautköpfe essen, Frau Mentil. Versprochen?

Mein Klaus war die Pünktlichkeit in Person. Zwei Monate noch, haben ihm die Ärzte gesagt. Und was sage ich dir, er hat sich daran gehalten und ist pünktlich gegangen. Ich war immer zu spät. Er hat immer gewartet. Auf mich und auf alle anderen auch. Diesmal ist er allein abgefahren. So warte ich ihm hinterher. Und mein Zug will einfach nicht kommen.

Frau Tietze bitte.
Ja.

Frau Tietze, Frau Tietze bitte.
Ja?
Frau Tietze?
Ja.

Was mich wundert, ist, dass ich Sie noch nie im *Central* gesehen habe. Kann es sein, dass wir in derselben Stadt leben und uns noch nie im *Central* begegnet wären? Oder Sie leben noch nicht lange hier. So wird es sein. Sie sind zu den Kindern gezogen, habe ich recht? Denn irgendwo müssten wir uns doch begegnet sein. Im *Central* jedenfalls sind wir uns nicht begegnet, das wüsste ich. Das Wichtigste ist, dass man rechtzeitig stirbt. Stirb rechtzeitig, Genosse, sage ich immer. Nur, wann ist rechtzeitig, denn man will ja nie. Sie gehen ja auch lieber zu unserer Frau Doktor, als rechtzeitig einen geordneten Abgang zu machen, wie es sich für unsereins ja eigentlich gehören würde. Ich bin da nicht anders.

Der Himmel hängt heute wieder so tief, findest du nicht auch, dass der Himmel tief hängt, davor habe ich einfach Respekt. Die Bäume sind so hoch. Nichts als Schatten ringsum. Die Angst hängt als Frost in den Bäumen und wächst alles zu. Wohin man auch sieht, man ist umgeben. Umgeben, umgeben, umgeben.

Und Sie fahren allein in den Urlaub? Frau Rödlach? In den Urlaub, Frau Rödlach, Sie fahren doch nicht allein?
Mein Enkel holt mich. Erst holen einen die Enkel, und dann holt einen der Teufel.

Herr Forstinger. In die Mitte bitte, Herr Forstinger. In die Mitte. Kommen Sie bitte zu mir in die Mitte, Herr Forstinger. Ja. Und jetzt Frau Slavik, Frau Slavik bitte, Frau Slavik.
Frau Slavik hängt schon am Tropf.

Wohin man auch sieht, eine einzige Umgebung. Und man selbst steht mittendrin und kann nicht aus sich heraus.

Wenn Sie Beschwerden haben, Herr Gärtner, *Cervoflax*, zwei auf einmal, zweimal am Tag. Jetzt und morgen und jeden Tag davon jeweils zwei.

Was meinen Sie? Es könnte doch sein, ich meine, vielleicht aber auch eher nicht, nein, wahrscheinlich doch eher nicht. Was meinen Sie? Habe ich recht?
Was sollte ich denn meinen, ich habe doch gar nichts gesagt. Womit hätten Sie denn recht, sagen Sie es mir?
Dass es vielleicht besser wäre, nicht zum Arzt hineinzugehen, meine ich, vielleicht wäre es besser,

wieder zu gehen, vorher. Wenn man das eben nie weiß. Denken Sie denn, dass damit zu rechnen sein wird? Dass mir der Arzt eine Jacke verschreibt? Ob damit zu rechnen ist, verstehen Sie, das möchte ich nicht. Aber vor den Kopf stoßen möchte ich ihn auch nicht.
Sie sind das erste Mal hier. Der Arzt, auf den Sie warten, ist eine Ärztin. Aber das merken Sie noch. Die Frau Doktor wird Ihnen keine Jacke verschreiben, warum sollte sie das tun? Von der Frau Doktor droht keine Gefahr. Sie werden sich ausziehen müssen. Auch in Ihrem Fall wird das wahrscheinlich nicht zu vermeiden sein, beim ersten Mal jetzt, meine ich, zumindest ablegen werden Sie müssen. Auch beim Anziehen könnte Ihnen die Frau Doktor behilflich sein wollen, verstehen Sie mich, nicht, damit es schneller geht und Sie den Betrieb nicht aufhalten, sondern aus einem Bedürfnis heraus. Das könnte sein. Aber dass sie Ihnen eine Jacke anziehen könnte, die Sie davor nicht getragen haben, das kann ich mir beim besten Willen nicht denken. Ausziehen ja, anziehen auch, das möchte ich nicht in Abrede stellen, wo Sie doch zum ersten Mal hier sind. Wenn Sie auch dagegen etwas haben sollten, hätten Sie vielleicht schon ein Problem.

Und für wen sitzt du hier?
Für meinen Vater sitze ich hier. Den habe ich jetzt in einem Heim.

Und dort geht es ihm gut?
Dort lebt er auf, ja. Vielleicht wäre das ja auch etwas für deine Mutter. Wo mein Vater doch auch dort wäre jetzt. Ich meine, wenn schon aus uns beiden nichts geworden ist.

Ein *Megalon*, zwei *Bezalip*, ein *Madopar*. Und wenn es möglich ist, zwei *Pantaloc*.
Und ob das möglich ist, Herr Schröder, dafür gibt es uns ja. Und jetzt werden wir von der Frau Sommer die Werte ablesen.
Viel wert bin ich nicht mehr. Bei einer Versteigerung würde ich wohl nicht mehr weggehen.

Sollte mir die Frau Doktor eine Jacke schenken wollen, das möchte ich nicht, wissen Sie. Dann ginge ich erst gar nicht hinein.
Warum sollte Ihnen die Frau Doktor eine Jacke schenken, kennen Sie sie denn persönlich? Oder sind Sie mit Ihr verwandt? Aber auch dann würden Sie nicht der Nächste sein. Also, soweit ich weiß, hat sie noch keinem Patienten eine Jacke geschenkt. Seit meine Frau nicht mehr ist, bin ich schon bei ihr in Behandlung. Davor bin ich mein Lebtag zu keinem Arzt gegangen. Aber seit meine Frau nicht mehr ist, gehe eben auch ich zu den Ärzten. Am Ende der Reise bin ich hier gelandet. Immer wieder ist es in dieser Zeit vorgekommen, dass einer, der offenbar zum ersten Mal gekommen ist, meinte,

ich könnte mich vorgedrängt haben. Aber dass die Frau Doktor einem Patienten jemals eine Jacke verschrieben hätte, das ist noch nicht vorgekommen.
Nein? Nicht?
Das können Sie mir schon glauben.
Dann ist es gut. Das würde ich nämlich nicht wollen, dass sie mir eine Jacke verschreibt, noch dazu vielleicht sogar eine selbst gestrickte. Das wäre mir einfach zu viel, diese Nähe, verstehen Sie, gleich beim ersten Mal, das könnte ich nicht haben.
Das verstehe ich ja. Aber dazu wird es nicht kommen. Nicht bei der Frau Doktor. Warum, glauben Sie, ist sie die einzige Ärztin, zu der ich noch gehe? Weil sie einem keine Jacken verschreibt, die man nicht haben will.
Meinen Sie?
Und wenn, was wäre denn an einer Jacke so verwerflich, dass Sie jetzt so einen Aufstand machen deswegen? Gut, die Frau Doktor ist jung, und die Leute heutzutage haben einen anderen Geschmack, aber gegen eine Jacke an und für sich ist doch eigentlich wenig zu sagen.

Guten Morgen. Das bin erst mal ich selbst: *Madopar*, *Cipralex*, *Bezalip*. Und das wäre dann meine Frau: *Novothyral*, *Effectin*, *Adamon*.

Durch die Nase atmen, Herr Runger, durch die Nase. Schön durch die Nase atmen, ja, langsam durch die Nase atmen. Durch die Nase, Herr Runger, ja, so.

Effectin, *Lyrica*, *Trittico*. *Effectin*, *Lyrica*, *Trittico*, das ist Rita, wie sie leibt und lebt. Und du, was bist du?
Und ich, was ich bin, fragst du? Das kann ich dir sagen, lass mich nachdenken, was bin ich, *Forlax*, *Atilex*. *Forlax*, *Atilex*, nein. *Effectin*, *Lyrica*, *Trittico*, das ist Rita. *Forlax*, *Atilex*. *Forlax*, *Atilex*, *Motilium*, *Madopar*, *Adamon*, das bin ich. *Forlax*, *Atilex*, *Motilium*, *Madopar*, *Adamon*, ja.

Ich habe die Menschen nie danach beurteilt, ob sie eine Jacke tragen oder nicht. Einteilungen dieser Art sind mir fremd. Andererseits, im Grunde hat man doch keine Ahnung, was ein anderer zu tragen hat, und wenn Ihnen eben eine Jacke unerträglich ist, müssen Sie sich entsprechend dagegen zur Wehr setzen. Aber das tun Sie ja, und so entschieden eigentlich, dass es mir schwerfällt, zu glauben, dass es jemand schaffen sollte, Ihnen mit einer Jacke zu kommen und Sie kämen nicht aus. Das würde ja schon ich nicht wagen, und ich begegne Ihnen zum ersten Mal. Wie könnte da einer auf die Idee kommen, Ihnen etwas Derartiges anzutun, jemand, der Ihnen nähersteht, meine ich, und für genauso unvorstellbar halte ich den Gedanken, gerade unsere Frau Doktor könnte auf eine derartige

Idee kommen wollen. Aber wenn das Ihre Angst ist und Sie sich nicht davon abbringen lassen wollen, dann gehen Sie vielleicht doch besser nicht zur Frau Doktor hinein, dann kann die erst gar nicht auf die Idee kommen, Ihnen etwas Derartiges anzutun.

Da kommt der Max mit dem *Madopax*, mit dem linken Ellenbogen hat er die ganze Welt verschoben. Und meine Ex nimmt *Cipralex*.

Vielleicht beruhigt es Sie ja, wenn ich Ihnen sage, ich werde mich umsehen. Wenn ich bei der Frau Doktor bin, das heißt, wenn es heute noch dazu kommen sollte, denn nur allzu oft lässt man mich sitzen, ohne mich aufzurufen. Ich bin ja neugierig, ob das auch bei Ihnen der Fall sein wird. Aber wenn ich heute noch zur Frau Doktor vordringen sollte, werde ich nach Jacken Ausschau halten. Schenkt man Ihnen auch Kinderjacken oder Frauenmäntel? Bei dem Glück, das Sie zu haben scheinen, wäre Ihnen auch das zuzutrauen. In jedem Fall werde ich die Frau Doktor auf ihre Angelegenheit hin ansprechen.
Das möchte ich aber nicht. Warum die Frau Doktor unnötig auf solche Gedanken bringen. Hören Sie, ich möchte nicht, dass Sie fragen. Oder doch? Meinen Sie?
Kommen Sie doch auch ins *Central*. Eine Jacke bekommt man im *Central* nicht geschenkt, davor

müssen Sie sich nicht fürchten. Sie wären der Erste, dem im *Central* eine Jacke geschenkt würde, und noch dazu gegen seinen Willen. Gestohlen ja, das könnte ihnen auch im *Central* passieren, dass Ihnen Ihre Jacke abhandenkommt. Aber eine Jacke geschenkt bekommen, im *Central*, glauben Sie mir, Sie wären der Erste. Kommen Sie also ruhig ins *Central*. Und sollte Sie ausgerechnet dort jemand mit einer Jacke behelligen wollen, dann verweisen Sie denjenigen an mich. Ich würde mich um Ihren Fall kümmern. Darauf können Sie bauen.

Trude ist anders jetzt. Immerzu hängt sie irgendwo in den Bäumen, die es längst nicht mehr gibt. Schon eine Weile geht das jetzt so. Ich sage nicht, dass es je leicht war. Das Glück hat sich uns anders vorgestellt. Du siehst ja, ich bringe sie hierher, ich warte, ich hole sie ab. Sie ruft in den Hof hinunter und winkt den Zügen nach, mehr ist es nicht mehr. Und doch, so viel war es nie. Wie jetzt, meine ich. Zwischen uns, verstehst du.

Herr Frank, übrigens, wenn Sie noch einen Sprung auf die Schlachtbank kommen, ich muss doch noch einmal kurz stechen. Und Frau Maier, ist die Frau Maier auch hier, oder ist nur ihr Blut hier? Frau Maier, kommen Sie mit mir hinter den Vorhang? Frau Maier?

Hinter dem Vorhang bin ich doch längst, mein ganzes Leben bin ich schon hinter dem Vorhang. Dann ist es gut. Hinterm Vorhang redet sich's gut übers Blut.

Wer sollte auf eine so unsägliche Idee kommen, im *Central*, meine ich. Nicht einmal der nun wirklich sehr verwirrte Steindl würde Ihnen so mir nichts, dir nichts seine Jacke abtreten. Beim Notar Strobl wüsste ich jetzt nicht, für den Notar Strobl möchte ich diesbezüglich nicht die Hand ins Feuer legen. Aber auch der würde Ihnen seine Jacke nicht aufdrängen. Seien Sie also ohne Sorge. Im *Central* sind Sie so sicher wie hier. Scheuen Sie sich nicht und kommen Sie schon morgen. Sie werden sehen, keine Jacke weit und breit. Das heißt, Jacken vielleicht jede Menge, aber eben keine für Sie.

Frau Gigele. Frau Gigele? Frau Gigele.

Beim Anwalt Steindl wäre ich mir unter Umständen doch nicht ganz und gar sicher, dass der in seiner Verwirrtheit nicht vielleicht doch auf die Idee kommen könnte, Ihnen seine Jacke wenn schon nicht zu schenken, so doch immerhin leihen zu wollen, für den Fall, dass er fälschlicherweise meinen könnte, Sie könnten ohne eine Jacke nicht sein, verstehen Sie, wenn ihm das jemand zutragen würde. Aber wer sollte das tun, und von allein

kommt der Anwalt Steindl nie und nimmer auf diese Idee, es müsste ihm schon jemand ins Ohr flüstern, und wenn das jemand täte, ich glaube, der Anwalt Steindl wäre der Letzte, der sich einem solchen Wunsch verweigern würde. Man müsste ihn fragen. Man bräuchte ihm nur einen Tipp zu geben, einen Wink, verstehen Sie, einen Hinweis, mehr braucht es beim Steindl nicht. Wir werden ihn ganz einfach fragen.
Was wollen Sie fragen. Eben keine Jacke will ich, verstehen Sie denn nicht, deswegen bin ich ja hier. Und wenn mir die Frau Doktor nicht helfen kann, ich wüsste nicht weiter.
Am besten wird es sein, Sie kommen morgen ins *Central*. Dann sehen wir, was sich machen lässt. Sie bekommen Ihre Jacke, und die Sache ist ausgestanden. Dann werden Sie sehen, dass Sie daran nicht sterben. Jetzt, nach all den Jahren, die Sie schon auf dem Buckel haben, einfach so aufgeben und eingehen wegen einer Jacke, das kann doch nicht sein, und wissen Sie auch, warum? Weil wir Abhilfe schaffen werden, Sie und die Frau Doktor, der Anwalt Steindl und ich, gemeinsam wird Ihr Jackenproblem doch zu lösen sein, aber mitmachen und daran glauben müssen Sie schon selbst auch.

Milica ist immer so abwesend jetzt. Und immer hält sie die Augen geschlossen. Milica, machst du die Augen auf? Mach die Augen auf, Milica. Sie

hört jedes Wort. Auch wenn es nicht danach aussieht. Nicht, Milica. Sie will einfach nicht mehr. Und denk dir, sterben will sie auf Deutsch. Nicht, Milica, auf Deutsch sterben willst du. Sagst du es uns, Milica?
Das möchte ich, ja. Mit viel Pudding.

Frau Körner, haben Sie heute wieder einen Zettel für mich? *Aufstehen, waschen, Zähne putzen, Haare, Brille. Ute anrufen. Doktor Thaler.* Da haben Sie ja schon wieder einiges hinter sich, Frau Körner. Und den Rest schaffen wir auch noch. Kommen Sie mit mir mit? *Fußball*, steht da auch auf dem Zettel, welches Spiel sehen Sie sich denn an? Mit den Enkeln, ja? Und Herr Janda bitte zur Infusion.

Rita hat mich besucht, meine Tochter, weißt du. Kennst du sie? Nein? Sie besucht mich jetzt jeden Tag. Ich nehme das als ein Zeichen. Als kein gutes Zeichen. Nach so vielen Jahren. Wenn einen da auf einmal die Kinder besuchen, kann doch etwas nicht stimmen. Was zu geben ist, soll ich mit der warmen Hand geben, hat sie gesagt. Mit der warmen Hand. Die eigene Tochter. Am liebsten wäre ich gleich in ihren Armen erfroren.

Eine wirkliche Hoffnung kann ich Ihnen nicht machen. Was ich Ihnen aber anbieten möchte, ich werde mit der Frau Doktor, da ich ja *vor* Ihnen drankomme, würde ich mit der Frau Doktor über Ihren Fall sprechen, vorausgesetzt, dass Sie das wollen. Ich könnte sie darum bitten, davon abzusehen, sollte sie das überhaupt vorhaben, meine ich, denn noch kennt sie Sie ja gar nicht, und das stimmt doch, dass Sie zum ersten Mal hier sind, damit liege ich doch nicht falsch? Vielleicht haben Sie ja Glück und es fehlt Ihnen gar nichts, nichts Ernstes, nichts wirklich Ernstes, meine ich, wenn Sie mich bitte richtig verstehen, vielleicht sind Sie ja vollkommen gesund, es könnte doch sein, abgesehen von der Sache mit dieser Jacke natürlich. Ich sage Ihnen, Sie sehen mir nicht danach aus, verstehen Sie, es hat nicht den Anschein, als stünden Ihre letzten Tage bevor. Ich weiß schon, das kann sich schlagartig ändern, und es genügt, in vielen Fällen genügt es, durch diese Tür zu gehen, um als ein anderer wieder herauszukommen.

Herr Euler, heute nur Medikamente, Herr Euler?
Heute nur Medikamente, ja.
Fahren Sie auch weg, Herr Euler, fahren Sie auch weg, jetzt im Sommer?
Ich fahre auch weg, ja.
Wohin geht's denn bei Ihnen? Auch nach Lignano?
Frau Lechner fährt nach Lignano.
Nach Lignano? Bei mir geht's nach *Chemo Island.* Schon das dritte Mal jetzt. Immer über den Sommer. Der Kopf diesmal, wissen Sie.

Und Inge, ja, Inge, mein Gott. Es war nichts zu sehen. Und zu spüren auch nicht, sagt sie. Eine Kleinigkeit, hat es geheißen. Routine. Wir dachten, sie hätten alles im Griff.

Mama, wo ist *Chemo Island*? Kerstin und ich wollen auch nach *Chemo Island*. Sag, dass wir fahren. Papa kann ja auch mitkommen, dem gefällt es dort sicher auch.

Und du, wer bist du, die Anna bist du? Wie wunderbar sich Anna entwickelt hat. Wie alt ist sie denn, sechs?
Nächstes Jahr wird sie sechs, ja. Am Vormittag will sie Archäologin werden, am Nachmittag Ärztin und am Abend Kellnerin. Und ich sage ihr, wenn du das alles unter einen Hut bringst, dann bist du gut.
Mein Jakob möchte immer noch eine Kuh werden.
Eine Kuh will er werden?
Eine Kuh, ja.
Wenn er das schafft, ist er aber auch gut.

Also was plagt Sie denn überhaupt, was kann denn so wichtig sein, sich dafür geradezu fahrlässig in die Hände eines Arztes zu begeben und sich derartigen Unannehmlichkeiten auszusetzen?
Welchen Unannehmlichkeiten, was meinen Sie denn damit nun wieder?
Na, zum Beispiel, eine Jacke verschrieben zu be-

kommen, das fürchten Sie doch, wenn das keine Unannehmlichkeit ist. Was ich sagen will, noch können Sie aufstehen und gehen, oder hat man Sie schon erfasst, sind Sie schon im System? Oder Sie gehen aus reiner Gewohnheit zum Arzt, so wie ich ins *Central* gehe. Ist es so? Habe ich recht? Obwohl, unter uns gesagt, das *Central* hilft mir nicht, und die Frau Doktor hilft mir in Wahrheit auch nicht. Zu ihr komme ich aus Sympathie.
Warum?
Was warum. Was denn warum. Ich weiß doch auch nicht, warum. Wo ich doch nicht einmal weiß, warum ich ins Central gehe, und gerade mich fragen Sie. Warum. Können Sie mir sagen, warum ich immer noch ins *Central* gehe, zwei-, dreimal, oft auch vier-, fünfmal in der Woche, und gelegentlich mehrmals am Tag? Manchmal denke ich, es ist eine Art Auftrag. Aber ein Auftrag ist es nicht.

Sagt man mir, was geschieht?
Wir sind auf der Reise, Herbert.
Auf der Reise? Wohin fahren wir denn?
Zur Frau Doktor, das weißt du doch.
Und mit wem fahren wir, ich fahre doch nicht allein?
Du fährst nicht allein. Herr Kofler ist hier, und Herr Widner fährt mit, Frau Kern und Frau Gruber, und den Herrn Renk kennst du ja auch.
Herr Renk ist auch mit dabei? Dann ist es gut.

Etwas könnte ich Ihnen in Ihrer Angelegenheit freilich schon anbieten, für den Fall, verstehen Sie mich recht, es wird nicht dazu kommen, aber eben für den Fall, Sie gehen jetzt oder, wenn Sie eben der Nächste sein werden, zur Frau Doktor hinein, und es sollte vorkommen, ich sagte schon, es ist noch nicht vorgekommen, aber eben doch, sollte es der Fall sein und die Frau Doktor Ihnen eine Jacke verschreiben, oder, was ich für noch ausgeschlossener halte, sollte sie Ihnen selbst eine Jacke stricken wollen, nur für den Fall, regen Sie sich nicht auf, für diesen Sonderfall sozusagen, kann ich Ihnen anbieten, gehen Sie morgen mit mir ins *Central*, dort hängen wir Ihre Jacke auf einen Garderobenständer und sehen von unserem Platz aus zu, wie sie möglicherweise von jemandem mitgenommen wird. Obwohl, ich glaube, ich sagte es schon, ich wüsste nicht, dass im *Central* jemals etwas abhandengekommen wäre. Das *Central* ist das diebstahlsicherste Lokal in der Stadt. Die Wahrscheinlichkeit, Ihre Jacke gerade dort loszuwerden, ist nicht wirklich groß. Aber wenn man Ihnen die Jacke dort vielleicht auch nicht stehlen wird, so könnten Sie sie dort immerhin hängen lassen. Den Versuch wert wäre es doch.

Klara, Berta, Ida, Fritz. Klara, Berta, Ida, Fritz. Ida, Fritz.

Ja, Frau Glauser, gleich ist es so weit. Beim Blut

wartet man schon auf Sie, eine Minute noch, Frau Glauser.
Berta, Klara, Ida, Fritz.
Ja, gleich, Frau Glauser. Wenn Herr Bauer herauskommt, dann gehen Sie hinein, ist das recht?
Ida, Fritz. Ida, Fritz.
Und Herr Glauser wartet inzwischen auf Sie. Frau Glauser, Herr Glauser wartet so lange auf Sie, ist Ihnen das recht?
Ida, Fritz.
Ist Ihnen noch immer so heiß? Frau Glauser, ist Ihnen immer noch so heiß in der Nacht?
Ida, Fritz. Ida, Fritz.
Ich verstehe. Aber das wird sich legen. Wo Sie doch wieder bei Kräften sind jetzt.

Mama, warum will denn der Jakob von der Frau da eine Kuh werden?

Im *Central* wird mit der Aufmerksamkeit der Kellner zu rechnen sein. Nicht, was das Bestellen angeht, aber in allem anderen sind sie aufmerksam und haben alles im Blick. Nur allzu oft habe ich gesehen, wie einem Gast ein vergessener Regenschirm oder ein Mantel bis auf die Straße hinaus nachgetragen wurde. Im *Central* wird Ihnen Ihre Jacke also eher nicht abhandenkommen. Andererseits wird Ihnen im *Central* mit derselben Wahrscheinlichkeit auch keine Jacke aufgedrängt.

Oder?
Was oder, warum oder? Sie sehen hoffentlich ein, dass es mühsam ist, mit Ihnen auf einen grünen Zweig zu kommen.
Nichts oder. Man wird doch noch oder sagen dürfen, ohne dass einem etwas geschieht. Oder nicht?
Niemand hindert Sie daran, ich habe mich inzwischen sogar an Ihr Oder gewöhnt. So wie ich dabei bin, mich an Sie zu gewöhnen, je länger wir hier sitzen, was ganz sicher nicht nur ein Vorteil ist, für uns beide nicht, meine ich.
Verzeihen Sie, wenn ich mich einmische, aber lassen Sie den Herrn doch sein Oder sagen, was stört Sie denn so daran? Der eine geht gern ins *Central* und ein anderer hat eben sein Oder.

Hast du gehört, den Herrn Keller haben sie auch weggebracht. Eingefangen wie einen Käfer haben sie den Herrn Keller. Und hat man ihn seither noch einmal gesehen? Ich sage, der Herr Keller ist durch die Luke gegangen. Wer durch die Luke geht, den sieht keiner mehr. Von hier aus, meine ich.

Sagen Sie mir, wie steht es um mich? Steht es gut um mich? Was sagt denn das Blut? Was sagt denn das Blut über mich? Und der Stuhl, was sagt Ihnen der Stuhl?

Ich weiß nicht, was ich Frau Reuter angetan hätte, dass sie sich gar nicht mehr blicken lässt. Früher ist Frau Reuter immer gekommen, zu den Geburtstagen und Namenstagen oder eben nur so zwischendurch, das stimmt doch, Karl, habe ich nicht recht? Zu jeder Tages- und Nachtzeit ist sie gekommen. Aber seit einem halben Jahr kommt sie jetzt schon nicht mehr. Ich wüsste nicht, was wir Frau Reuter getan haben könnten, dass sie jetzt nicht mehr kommt.

Warum ich hier bin, fragen Sie mich? Else, hast du gehört, warum wir hier sind, fragt die Dame. Warum sind wir hier?
Wegen dir sind wir hier, Herbert.
Na also. Wegen mir sind wir hier, hören Sie?

Liebe Frau Reuter, was um Himmels willen hätte ich dir denn getan, dass du nicht mehr bei uns hereinschauen willst, habe ich zu ihr gesagt. Da hat sie geweint und gesagt, dass sie doch jeden Tag gekommen wäre. Jeden Tag hätte sie uns besucht. Und dann hat sie mir aber versprochen, von nun an jeden Tag zu kommen. Nicht, Karl, das hat die Frau Reuter versprochen.

Ja, Frau Kahn, Ihr Harn ist in Ordnung, sehen Sie, und Sie haben sich solche Sorgen gemacht.
Der Harn ist in Ordnung. Aber mein Kind ist tot.

Frau Kahn, Eisenmangel haben Sie auch.
Mein Kind ist tot.
Hast du gehört? Die arme Frau.
Ja, vor elf Jahren. Fahrerflucht. Keiner weiß, wer es war. Sie kommt nicht darüber hinweg.

Also, ich habe nachgedacht. Vielleicht wäre es besser, für Sie, meine ich, Ihre Vermutung träfe zu und die Frau Doktor gäbe Ihnen die Jacke, vielleicht fänden Sie dann endlich zur Ruhe. Dann würden Sie sehen, dass einen auch eine Jacke nicht aus der Bahn werfen kann. Man muss sie nicht haben, aber umbringen kann sie einen eben auch nicht.

Klara, Berta, Ida, Fritz. Ida, Fritz. Ida, Fritz.
Mein Gott, ja, jetzt haben wir doch tatsächlich die Frau Glauser vergessen. Frau Glauser, sind Sie uns hoffentlich nicht ganz und gar ausgeblutet, Frau Glauser?
Fritz. Ida, Fritz.
Da haben wir ja noch einmal Glück gehabt. Aber Ihr Mann hat auch kein Wort gesagt, dass Sie schon so lange beim Blut liegen jetzt. Frau Glauser? Der Herr Glauser ist immer so still, sage ich. Und dabei sind Sie ihm sicher schon abgegangen.
Fritz. Ida, Fritz. Ida, Fritz.
Herr Glauser, hier bringe ich Ihnen die Frau Glauser zurück.
Fritz. Klara, Berta, Ida, Fritz.

Jetzt ist alles wieder in Ordnung, Sie sind wieder in Sicherheit, Frau Glauser.
Fritz. Ida, Fritz. Klara, Berta, Ida, Fritz.

Sehen lieb aus, die kleinen Läuse. Wie alt sind die denn schon?
Es sind Zwillinge, ja. So lange haben wir warten müssen auf die beiden. Aber jetzt sind Sie da. Und hören tut man sie auch. Eineinhalb sind sie jetzt. Ich hätte sie gern geimpft.

Vielleicht haben Sie ja recht und sie schenkt Ihnen tatsächlich die Jacke, an der sie schon seit Jahren heimlich hinter dieser Tür gestrickt hat. Vielleicht hat sie nach jedem Patienten eine Masche fallen lassen, und nun begegnet sie in Ihnen dem Menschen, für den all diese Maschen gefallen sind. Etwas Einhüllendes hat sie ja, damit liegen Sie nicht falsch. Sie legt Verbände an, Bandagen, das macht sie wie kaum eine Zweite. Vielleicht sind Sie ja der Erste. Wenn Sie schon nicht der Nächste sein können, so könnten Sie es doch schaffen, der Erste zu sein, dem unsere Frau Doktor eine Jacke an den Leib häkelt. Aber vielleicht haben Sie ja auch Glück und ich bin derjenige, den es mit Ihrer Jacke erwischt. Dann wären Sie doch aus dem Schneider, fürs Erste immerhin. Denn bis eine zweite Jacke gestrickt ist, vergeht eine Zeit. Also ich würde die Jacke annehmen wie ein Urteil, verstehen Sie. So-

gar wenn es Ihre Jacke sein sollte, würde ich sie annehmen. Schon Ihretwegen würde ich das tun.
Meinen Sie? Sehen Sie.
Was meine ich? Helfen Sie mir.
Jetzt halten auch Sie es nicht mehr für ausgeschlossen. Und wenn es so wäre, damit wäre es aus. Wenn ich eine Jacke nicht annehme, ist es immer das Ende.
Wissen Sie, was ich mir denke? Dass Sie in Wahrheit in allem nur auf eine Jacke aus sind, denke ich. Da müssen Sie mich jetzt nicht so ansehen. In Wahrheit sind Sie auf der Suche nach der Jacke Ihres Lebens, die haben Sie noch nicht gefunden, und so suchen Sie rastlos überall und jetzt auch noch bei den Ärzten, weil Sie zeitlebens in fremden Jacken gesteckt haben, anders ist es nicht, glauben Sie mir. Unter uns gesagt, man sieht Ihnen an, dass Ihnen etwas fehlt. Sogar mir ist dieser Gedanke schon gekommen. So wundert es mich nicht, dass auch andere auf die Idee kommen, Ihnen könnte mit einer Jacke gedient sein, als Vervollständigung Ihrer Erscheinung gewissermaßen. Je länger ich darüber nachdenke, ich meine, ich möchte aufrichtig zu Ihnen sein, und deshalb müsste ich Ihnen sagen, dass auch ich unter Umständen nicht davor gefeit wäre, Sie eines Tages auf die aus meiner Sicht ideale Jacke hin anzusprechen oder sie Ihnen ins *Central* mitzubringen. Ich werde es nicht tun, vor mir müssen Sie keine Angst haben. Nicht ein-

mal die drei Menschen, denen ich noch täglich begegne, müssen sich davor fürchten, etwas von mir geschenkt zu bekommen. Trotzdem, in Ihrem Fall denke ich daran, ich gebe es zu.

Frau Gigele. Frau Gigele?

Seit die Katze nicht mehr ist, habe ich so liebe Mäusekinder, weißt du. Neue Katze darf ich keine mehr haben. Wegen der Allergie. Dafür habe ich jetzt einen Hamster und drei Babymäuse.
Welcher Fuß ist es denn? Welcher Fuß dir wehtut, Karin? Der linke? Den Fuß muss sich aber die Frau Doktor ansehen, so wie der aussieht, weißt du.
Und ich war noch nicht am Ende mit meiner Mäusegeschichte.

Wohin geht's denn bei Ihnen im Sommer, Frau Beer?
Nach Caorle.
Caorle? Wäre denn Siena nicht besser?
Siena?
Siena, ja. In der Toskana.
Was täte ich denn in der Toskana auf einem Kamel?
Warum denn auf einem Kamel? In Siena, Frau Beer.
In der Wüste gibt es doch Kamele.

Ja aber doch in der Toskana nicht. In der Toskana gibt es keine Kamele.
Was sollte ich dann in der Toskana. Wir fahren doch jedes Jahr nach Caorle. Bin ich froh, dass ich nicht in die Toskana fahren muss. Hier nicht gehen können und in der Toskana auf einem Kamel sitzen wollen.

Ich habe in meinem ganzen Leben keinem Menschen jemals eine Jacke geschenkt. Nicht einmal daran gedacht habe ich. Wie sinnlos einem sein Leben doch vorkommen kann, von der Warte aus gesehen. Was man denn bisher getan hätte, meine ich. Keine Jacke verschenkt, keinen Mantel zerschnitten, um ihn danach zu verteilen. Eine schlechte Bilanz. Trotzdem, ob Sie in dieser Sache mit sich selbst so einig sind, wie Sie es hier vorzuschützen versuchen, das wage ich eben in Zweifel zu ziehen, nehmen Sie es mir nicht übel. Haben Sie sich je überlegt, wie man Ihnen in Ihrer Angelegenheit auch nur im Mindesten entsprechen könnte, wüssten Sie das?
Sehen Sie?
Gar nichts sehe ich. Was sehe ich denn, sagen Sie es mir.
Aber Sie sehen es ja. Sie beginnen mich zu verstehen, darin, dass es keinen Ausweg gibt, meine ich. Sie verstehen mich. Trotzdem wird es auch mit Ihnen nicht anders sein. Es läuft immer auf dassel-

be hinaus. Oder meinen Sie, Sie könnten stark genug sein, um mir eines Tages nicht doch eine Jacke schenken zu wollen, wo Sie schon jetzt daran zweifeln. Man kann hoffen. Aber erwarten kann man das nicht, das hieße nur, Sie damit überfordern. Ich sehe ja, wie Sie kämpfen, das spüre ich, aber Sie werden es nicht schaffen, das spüre ich auch.

Dann werden wir jetzt die Frau Miller verbinden. Frau Miller, kommen Sie mit mir in den Verbandsraum?

Sehen Sie?
Sehen Sie, sehen Sie. Sagen Sie mir, was ich sehen soll, vielleicht sehen wir es dann gemeinsam.
Frau Miller. Frau Miller war die Nächste, meine ich. Oder nicht?
Frau Miller war die Nächste, ja. Frau Miller ist immer die Nächste. Seit ich bei der Frau Doktor bin, ist Frau Miller die Nächste oder eine der Nächsten, in jedem Fall aber ist sie vor mir. Und das oft mehrmals am Tag.
Und jetzt?
Was und jetzt, Sie können einen aber auch ganz schön beschäftigen, wissen Sie.
Der Nächste, wer der Nächste ist, jetzt, nach der Frau Miller. Sie? Oder ich? Nach Frau Miller wird ja nicht wieder Frau Miller die Nächste sein. Oder doch?

Das könnte gut sein. In jedem Fall ist Frau Miller jetzt dran. Und vielleicht ist sie trotzdem die Nächste. Oder es rückt jemand anderer nach, Sie oder ich, das heißt, Sie nicht, also eben ich oder ein anderer, und im Anschluss daran wird wahrscheinlich wieder Frau Miller die Nächste sein. Sie müssen wissen, Frau Miller wartet in mehreren Etappen. Sie wird bandagiert. Richtiggehend einbalsamiert wird die arme Frau Miller. Mumifiziert. Montag, Mittwoch und Freitag wird sie verbunden. Erinnern Sie sich noch, wie sie aussah, als sie hinter dem Vorhang verschwunden ist jetzt? Dann geben Sie acht, ob Sie sie wieder erkennen, wenn sie herausgeführt wird. Es kommt vor, dass Frau Miller herauskommt und sich hinsetzt und gleich wieder die Nächste ist. Frau Miller sitzt wegen mehrerer Krankheiten. Sie ist nicht immer die Nächste, aber sie ist immer vor mir. Damit müssen Sie rechnen, wenn Sie vorhaben sollten, die Dienste der Frau Doktor öfter in Anspruch zu nehmen. Meist kommt sie verkleidet heraus. Unkenntlich eigentlich, das heißt, wenn man Frau Miller kennt, würde man sie anders vielleicht gar nicht erkennen.

Du bist ja ein richtiges Schwedenmädchen. Und wie heißt du?
Evi. Was ist denn ein Wolfshund?
Was ein Wolfshund ist, willst du wissen?

Gibst du mir eine Spritze?
Nein, Kindern gebe ich keine Spritze.

Mir wäre das nicht recht. Dass die Frau Doktor für mich stricken würde, meine ich. Auch Bandagen brauche ich nicht. Bei mir ist es eher innerlich. Verbände nützen da nichts.
Bei mir ja auch. Alles innerlich. Ich sage ja, es gibt keinen Grund zum Verbinden. Warum sich also davor fürchten. Es wäre doch schade, ich meine, wo wir doch gerade dabei sind, uns näherzukommen, wenn Sie wegen dieser Jackengeschichte nicht mehr kommen würden. Sie sehen, ich bin ja auf Ihrer Seite, und vielleicht finden wir heute noch so weit zusammen, dass ich Ihnen das Versprechen abgebe, all die Jacken, die man Ihnen künftig noch zumuten sollte, persönlich aufzutrennen, so weit könnte ich noch gehen.

Kathrin, Herr Karrner ist immer noch ohne Befund.
Das tut mir leid. Mein Hirn ist schon in Jesolo. Frau Brate, bitte. Und das Hatzer-Blut hätten wir jetzt. Und ihr lieben Kleinen, wie lange werdet ihr denn nun schon gequält?
Evi fragt, was ein Wolfshund ist, will sie wissen.
Ein Wolfshund, weißt du, ein Wolfshund, und wie heißt du?

Also gut, ich trenne sie auf, alle, soweit es sich um auftrennbare Jacken handelt natürlich, was andere Jacken angeht, wüsste ich mir jetzt im Augenblick auch keinen Rat, Lederjacken oder Jacken aus diesem Skymaterial oder wie man es nennt, da wäre ich jetzt überfragt, momentan, aber was Strickjacken betrifft, versprochen, die trenne ich auf. Gleich hier in der Ordination und in der Zeit, in der wir beide hinter Frau Miller herwarten. Wir gehen arbeitsteilig vor, Sie besorgen die Jacken, und ich trenne sie auf, Sie ziehen sie an, und ich ziehe so lange an einem Faden, bis jede dieser Jacken von Ihnen abgefallen sein wird. Bei Lederjacken, wie gesagt, wüsste ich jetzt nicht. Aber auch für Lederjacken finden wir eine Lösung.

Hanna, lässt du dich jetzt von mir verbinden? Und Teresa sucht sich inzwischen auch einen Patienten, Teresa, die Puppe dort in der Ecke, die könntest du doch untersuchen.
Aber abhorchen will ich auch, darf ich den Mann dort abhorchen, darf ich?

Lederjacken sind ja vielleicht gar nicht so sehr das Problem. Ich nehme doch an, dass Ihnen in der Hauptsache Strickjacken geschenkt werden, Wirkwaren, und damit werden wir in jedem Fall fertig, so oder so.

Das Schaukelpferd habe ich verbunden, und abgehorcht habe ich es auch. Jetzt will ich die Frau Doktor verbinden. Kann man auch eine Glatze abhorchen oder hört man da nichts?

Oder Sie kommen damit ins *Central*. Die Jacken können wir auch dort auftrennen, ich meine, warum nicht auch im *Central*. Vielleicht könnte uns sogar der Notar Strobl dabei behilflich sein, beim Notar Strobl könnte ich mir das vorstellen, beim Anwalt Steindl vielleicht eher nicht, aber der Notar Strobl, ich denke, der hätte zumindest nichts dagegen, dass wir neben ihm unserer Arbeit nachgehen. Beim Steindl wüsste ich nicht, ob der noch den Sinn dahinter erkennt, verstehen Sie.
Nein, nein.
Was neinnein. Was denn neinneinnein. Wie leicht Sie das vor sich hin sagen, neinneinneinnein, und wie schwer es ist, ihm zu entsprechen, wissen Sie das? Neinnein, Sie wollen es mir nicht sagen? Neinneinneinnein? Das dachte ich mir, von Anfang an war mir das klar. So werden wir eben eine Jacke für Sie finden müssen. Neinneinneinnein, das möchten Sie jetzt aber nicht hören, ich kann mir denken, dass Sie das nicht so gern hören. Und doch ist es so. Ihre Jacke wird erst noch zu stricken sein, Sie werden noch an mich denken. Ich möchte Ihnen nicht drohen, aber warnen kann ich Sie doch. Wenn Sie so weitermachen, dann belege

ich noch einen Strickkurs auf meine alten Tage, und ich persönlich werde Ihnen eine Jacke auf den Leib schneidern, ob Sie nun bei der Frau Doktor bleiben oder nicht. Oder wir belegen beide einen Strickkurs, was halten Sie davon, ich meine, einen Selbstversorger beschenkt keiner so leicht.

Herr Renk, bitte zur Infusion in den Ruheraum bitte, Herr Renk, die Frau Doktor erwartet Sie schon.
Sehen Sie. Ich bin doch der Nächste. Nur, dass Sie nicht weiterhin denken, ich könnte mich vorgedrängt haben. Was würden Sie dazu meinen, wenn ich Sie vorgehen lasse? Dieses eine Mal, nicht, dass es zur Regel wird, denn so ist es ja oft, einmal lässt man jemandem den Vortritt, und von da an ist man der wartende Zweite. Aber dieses eine Mal heute gehen Sie jetzt vor mir zur Frau Doktor hinein. Sollte es der Fall sein und Sie kommen mit einer Jacke durch diese Tür, verspreche ich Ihnen, ich gehe erst gar nicht zur Frau Doktor hinein, und wir überlegen uns, wie und an wen wir Ihre Jacke wieder loswerden. Das wäre doch ein Angebot, finden Sie nicht? Sie merken, es ist nicht so, dass ich Sie nicht verstehe. Nur fürchte ich mich eben nicht davor. Nehmen Sie die Jacke. Wenn Sie sie nicht nehmen, nehme ich sie. Ich will die Frau Doktor nicht kränken. Ich nehme sie aus Sympathie. Sie werden trotz der einen oder anderen Jacke weiterhin zur

Frau Doktor kommen, glauben Sie mir. Und jetzt gehen Sie hinein, zögern Sie nicht. Sie sind nicht dran, aber ich lasse Sie vor. Und ich warte auf Sie, hier, abgemacht?

Ob man Teresa wohl in den Mund hineinsehen könnte? Weil wir wegfahren. Und davor möchte ich sie geimpft haben.

Frau Hatzer, wollen Sie sich nicht setzen, wo wir endlich einen Platz für Sie gefunden haben, dort wäre noch ein Platz für Sie, sehen Sie?
Das macht nichts. Ich kann auch stehen. Ich versäume nichts, wenn ich stehe, und ich versäume nichts, wenn ich sitze. Aber solange ich noch stehen kann, sitze ich doch lieber, wissen Sie. Im Sitzen läuft es sich besser davon.

Weitere Titel von Alois Hotschnig bei Kiepenheuer & Witsch:

Absolution. Ein Stück in drei Akten. Gebunden

Ludwigs Zimmer. Roman. Gebunden

Die Kinder beruhigte das nicht. Gebunden

www.kiwi-verlag.de Kiepenheuer & Witsch